Wilfried Lange

Ein Haus in der Provençe-

Träume und kleine Hindernisse

Vom Autor bereits erschienen:

Vietnam 2011 – Begegnungen

Herstellung und Verlag:
BoD - Books on Demand, Norderstedt
ISBN 978-3-7386-0089-6

Inhaltsübersicht

1. Prolog

2. Erste Eindrücke und wie ich versuche ein, aus Deutschland importiertes, Auto umzumelden

3. Stell Dir vor, Du stehst pudelnackt unter der Dusche, die Tür geht auf und ein Gerichtsvollzieher hält Dir ein Schreiben hin.

4. Versicherungsschaden in Frankreich, nur Geduld.

5. Das Abenteuer ein Haus zu kaufen und es ohne Nervenzusammenbruch zu überstehen.

6. Wir ziehen um, oder wie man hier in Frankreich ein Auto mietet.

7. Unsere Nachbarn und wie man sich in das Dorfleben integriert.

8. Hochzeit mit kleinen Hindernissen.

9. Es brennt und wie viel Zeit man damit vernichten kann.

10. Frankreichs Bürgermeister, das Leben und Treiben in der Mairie ist nicht immer einfach.

11. Unser Bürgermeister- oder was passiert, wenn man sich mit den falschen Leuten anlegt.

12. Eine Herzoperation in einem Krankenhaus in Frankreich- nun, warum nicht.

13. Wer braucht denn Yoga um seine Geduld in den Griff zu bekommen, ein Supermarkt tut es auch.

14. Die Eisenbahn- oder wer braucht Menschen wenn es doch Automaten gibt.

15. Die Post in Frankreich und warum man Porto auch doppelt bezahlen kann.

16. Achtung Einbrecher.

17. Aufgepasst, Oma im Verkehr.

18. Epilog

Prolog

Eigentlich hatte ich ja vorgehabt nach Kanada einzuwandern aber irgendwie hat mir das Schicksal dann doch einen anderen Wegweiser in den Verlauf meines Lebens gestellt. Während meiner mehrmonatigen Reise durch Vietnam lernte ich eine charmante, kleine Französin kennen, die mich dazu bewegte meine Habseligkeiten in einen Lastwagen zu packen und nach Süd-Frankreich, in die Provençe, umzuziehen.
Das ist erstmal nicht so einfach wie man es sich vorstellt. Obwohl die Grenzen Europas inzwischen für seine Einwohner offen sind und überall Niederlassungsfreiheit herrscht, stößt man dann doch unweigerlich auf Grenzen, die mit der jeweiligen Lebensart zusammenhängen, sowie mentalitätsbedingte Unterschiede die einen schon manchmal an den Rand des Nervenzusammenbruchs bringen. Allerdings ist das beidseitig, welcher Franzose möchte sich schon mit deutscher Gründlichkeit, Besserwisserei und Sturheit auseinandersetzen, mit denen so mancher meiner Landsleute

gesegnet ist. Wobei ich mich da gar nicht ausschliessen will, meine urdeutschen Eigenheiten sind für Südländer zumindestens gewöhnungsbedürftig.

Nun lebt man in der Provençe in unmittelbarer Nachbarschaft mit dem nordafrikanischen Maghreb und ist leicht versucht, alle Dinge die schief laufen auf die dortige und teilweise herübergewachsene Mentalität zu schieben.

Ich habe mir angewöhnt, bei Gelegenheiten die in eine Richtung laufen die in Absurdität endet, leise das Wort „Maghreb" herauszustöhnen. Manchmal mache ich das auch laut, was wiederum dazu führt, dass meine Frau mich strafend ansieht und mir klar macht, dass meine Einstellung meiner Umwelt gegenüber zu Wünschen übrig lässt. Aber was soll ich machen? Ich bin Norddeutscher, meine Gehirnwindungen sind vom steifen Wind in eine ziemlich gerade Richtung geblasen worden. Sich ab und zu bei solchen Gelegenheiten anzupassen bedeutet, dass man seine Neuronen in ein Labyrinth presst. Allerdings hilft die ständige Sommerhitze im Süden Frankreichs die Grenzen dieser Windungen aufzuweichen.

Aber kommen wir zum Auslöser dieses Wortes.

Maghreb ist eine arabische Bezeichnung für eine Gruppe von Ländern die in Nordafrika liegen. Wer nicht, wie ich, den Geographieunterricht verpennt hat, der weiß das. Genauer gesagt, handelt es sich um die Länder Tunesien, Algerien und Marokko.

Großzügig eingestellte Mitmenschen fügen diesen Ländern noch Lybien und Mauretanien hinzu.

Wenn man es sich in diesen Ländern an einem der 4 oder 5 Sterne Luxusresorts am Strand gut gehen lässt, Cocktail schlürfend am Pool faul in der Sonne döst und sich Abends im Basar übers Ohr hauen lässt, ist die Welt dort auch völlig in Ordnung.

Wer allerdings beruflich dort zu tun hat oder vielleicht als Ausländer in einem der Länder leben möchte, lernt schnell das öffentliche Maghreb kennen.

Natürlich kann man das nicht verallgemeinern aber hier ist vieles anders. Schlamperei, Lustlosigkeit, Inkompetenz und andere Angewohnheiten die das Leben erst lebenswert machen sind, bei einigen Bewohnern dieses Landstrichs an der Tagesordnung. Man ist schlecht bezahlt, also warum soll man sich ein Bein ausreißen. Kleine Geldgeschenke

beschleunigen zwar den Alltag, aber das heißt nun nicht, dass alles auch zur Zufriedenheit klappt. Behördengänge enden im Labyrinth. Jeder weiß etwas, ist aber nicht zuständig. Der Zuständige ist gerade in Urlaub oder zu Hause weil seine Oma krank geworden ist.
Kommt man wieder wenn die Oma wieder gesund ist, ist die Zuständigkeit gerade auf jemand anderen übergegangen.
Wenn du aus Deutschland kommst, möchte jeder zweite Mann einen Mercedes von dir kaufen. Bietest du ihm ein gebrauchtes Fahrzeug an, ist das Auto entweder zu alt oder zu neu. Auf jeden Fall ist es aber zu teuer. Jeder hat einen Freund in Deutschland, der ihm die Autos für die Hälfte deines Preises besorgt.

Um ein aus Deutschland importiertes Auto anzumelden sind weniger als drei verlorene Arbeitstage ein Glücksfall. Wer will in dieser Hitze auch arbeiten. Kaffee oder Tee trinken mit netten Kollegen macht viel mehr Spaß. >>Du hast kein Verständnis dafür und willst hier leben, mein Gott, du musst noch viel lernen.<<

Unter Franzosen kursiert der Witz „Maghreb beginnt in Marseille." Wer Marseille erlebt hat, kann dem sicher etwas abgewinnen. Und damit sind wir beim Kern der Dinge angelangt. Maghreb ist wie ein Virus und zu mindestens hat dieses Virus so manchen im Süden Frankreichs befallen. Zwar ist alles noch nicht so extrem ausufernd wie in Nordafrika, aber die Anfänge sind vorhanden. Man wundert sich jedes Mal wenn etwas reibungslos funktioniert. Meistens ist es aber so, dass man auf kleine Hindernisse stößt, die man mit normaler Logik nicht erklären kann. Alles geht ein wenig langsamer, was sicherlich auf die Sommerhitze zurückzuführen ist, manches treibt einen aber auch zur Verzweiflung.

Nun klappt auch in Deutschland vieles nicht problemlos, jedoch nachdem man 32 Formulare ausgefüllt hat kann man einigermaßen sicher sein, dass das Anliegen, mit dem man Behördenmitarbeiter belästigen möchte, mit einer normalen Geschwindigkeit bearbeitet wird. Auf jeden Fall bekommt man ein Ergebnis mit dem man etwas anfangen kann. Das diese Ergebnisse nicht immer das beinhalten was man sich wünscht, steht allerdings auf einem anderen Blatt. Der Unfug, dass man sich mit einem Sprachcomputer auseinandersetzen muss, falls man sich beschweren möchte, ist bis Nordafrika, meines Wissen nach, noch nicht vorgedrungen.

Möchte man hier in Maghreb mit einem Mitarbeiter einer Behörde oder eines großen Unternehmen sprechen, greift man wie in Europa zum Telefon. Es ist nicht so wie in Deutschland, wo man eine halbe Stunde lang immer das gleiche Musikstück hört und danach eine Folge von Ziffern verabreicht bekommt, mit denen man dann irgendwelche Aktionen auslöst. Diese Aktionen enden dann meistens irgendwo im Nirvana und die Gebühren dafür füllen die Konten der Call Center. Nein, hier in Maghreb geht erst gar niemand an das Telefon. Es sei denn, Er oder Sie erwartet einen Anruf von dem Bruder, dass die Oma krank geworden ist und Pflege braucht. Das ist natürlich eine ausgezeichnete Idee um jegliche Inkompetenz von vornherein auszuschließen.

Allerdings, um wieder nach Frankreich zurück zu kehren, gibt es diese Sprachcomputer hier auch. Gott sei Dank sind meine französischen Sprachkenntnisse immer noch marginal. Ich versuche also erst gar nicht mich mit einem Computer zu unterhalten. Getreu nach dem Motto „ Was man nicht macht kann auch nicht

schief gehen" übergebe ich diese Dinge liebevoll meiner Frau mit den aufmunternden Worten >>Liebling, mach mal, ich versteh die nicht!<<
Wie man unschwer meinen bisherigen Ausführungen entnehmen kann, habe ich als deutscher Bürger um Asyl in Frankreich nachgesucht und bin mit Sack und Pack nach Südfrankreich umgezogen.
Diese wundervolle Idee habe ich dann noch übertroffen. Ich habe eine Südfranzösin geheiratet und wir haben uns in der Provence ein Haus gekauft.

Die kleinen Geschichten, die mir oder uns ab dem Zeitpunkt meiner Ankunft zugestoßen sind, habe ich gesammelt, notiert und abgeheftet. Nun ist es an der Zeit daraus ein kleines Buch zu machen.
Das daraus Geschichten geworden sind, die den Einen oder Anderen davon abhalten könnten nach Frankreich umzuziehen, ist nicht beabsichtigt.
Ich bin hier auf sehr liebevolle, aufrichtige Menschen gestoßen, mit denen es Spaß macht umzugehen. Die Umgebung ist schön, der Wein schmeckt und die Menschen hier verstehen es

kleine nette Feste zu feiern, bei denen man sich sofort zu Hause fühlt.

Und- ich glaube, der Virus Maghreb hat sich inzwischen fast überall auf der Welt eingeschlichen. Er lebt sich hemmungslos aus, bringt uns manchmal zum Verzweifeln, rührt uns zu Tränen.
Aber mit einem Glas Pastis am Nachmittag zum Kaffee und einem Glas Wein abends unter Freunden ist das alles nur noch halb so schlimm!

Erste Eindrücke
und wie ich versuche ein, aus Deutschland importiertes, Auto umzumelden.

Meine Freundin Valerie lebt an der Cote d'Azur, in einer Wohnung in einem umzäumten Appartementblock. Der Block besteht aus vier Hochhäusern und liegt in einem schönen, gepflegten Garten mit Swimming Pool. Zum Meer geht man zu Fuß circa zehn Minuten. Bewacht wird das Areal von Jaques dem Concierge, der in einem der Häuser wohnt und hier auch sein Büro unterhält. Jaques weiß alles über die Besitzer der Appartements, die meistens ein oder zweimal im Jahr aus Paris oder anderen Großstädten anreisen um in ihrem Zweit-oder Dritt-Domizil ein paar Wochen auszuspannen. Natürlich weiß Jaques auch welche Parkplätze zu welcher Zeit auf dem Gelände nicht belegt sind.
Mit einem freundlichen Lächeln erreichen junge Damen bei Jaques den einen oder anderen kleinen Vorteil und so erwartet mein mitgebrachtes Auto ein kostenfreier Parkplatz auf dem umzäumten Gelände und muss nicht draußen auf der Straße übernachten.
Auf der Straße zu parken beinhaltet hier im Moment unter Umständen Opfer des neuesten

Sports von jugendlichen Nachtschwärmern zu werden. Im Überschwang des Testosteronausschusses der bekanntlich aggressive Reaktionen verursachen kann, gehen die Jungdynamiker an einem Fahrzeug vorbei, heben den Fuß und treten den Rückspiegel ab. Der Spiegel muß davonfliegen, sonst hat der Treter verloren.

Irgendwann entschließen wir uns, mein schön und sicher geparktes Auto mit einem französischen Kennzeichen zu versehen. Das Auto soll also umgemeldet werden. Meine Freundin hat ein wenig Erfahrung mit Fahrzeugummeldungen und weiß, was in welcher Reihenfolge zu tun ist.

Die erste Hürde ist in Frankreich der Quitus Fiscal, das ist eine Steuerbescheinigung über die Mehrwertsteuerentrichtung. Man holt sich am besten telefonisch einen Termin bei der zuständigen Finanzbehörde und lässt sich erklären was man an Unterlagen braucht.
Ausgestattet mit einem Termin und den nötigen Unterlagen erscheint meine Freundin Valerie, eines schönen Vormittags, im Büro des zuständigen Beamten in der Finanzbehörde

Es ergibt sich folgender Dialog:

Valerie:
\>> Bonjour Monsieur, ich habe einen Termin.<<

Beamter:
\>> Bonjour Madame, haben sie eine Nummer gezogen?<<

Valerie:
\>>Nein habe ich nicht, ich habe gestern mit ihnen telefoniert und bin pünktlich zur vereinbarten Zeit hier.<<

Beamter:
\>> Sie hätten eine Nummer ziehen sollen, dann hätte ich sie aufgerufen.<<

Valerie:
\>>Aber da draußen ist im Moment niemand Anderer<<.

Beamter:
\>> Murmel, Murmel<< nicht zu verstehen.

Valerie:
>> Soll ich noch mal rausgehen und eine Nummer ziehen?<<

Beamter:
>> Haben sie alles Notwendige dabei?<<

Valerie:
>> Ja, sie haben mir ja gestern am Telefon erklärt was ich benötige und hier habe ich….<<

Beamter:
>> Moment!<<

Beamter: >> Also erst einmal werde ich ihnen jetzt erklären was sie alles brauchen.<<

Valerie:
>> Aber das haben sie doch schon gestern am Telefon getan und ich habe mir alles notiert.<<

Beamter:
>> Ja, aber die meisten Leute die hierher kommen vergessen die Hälfte und dann kommt es zu Diskussionen und draußen zu einem Rückstau der Leute die auch ihr Fahrzeug ummelden wollen.<<

Valerie:
>>Wie gesagt, draußen befindet sich niemand auf dem Flur.<<

Beamter:
>> Also sie brauchen die Fahrzeugpapiere, einen Kaufvertrag, eine Bestätigung das sie hier im Bezirk wohnen, einen Ausweis und gegebenenfalls eine Verzollungsbescheinigung, wenn das Fahrzeug im Nicht-EU Land gekauft wurde, sowie eine Konformitätsbescheinigung.<<

Valerie:
>> Habe ich alles dabei, hier sind die Papiere.<<

Beamter:
>> Moment.<< >>Wir gehen jetzt ganz methodisch vor. Ich frage die einzelnen Papiere ab und sie legen diese dann hier auf den Schreibtisch.<<

Auf einem Computer der übervorletzten Generation tippt er die notwendigen

Informationen in ein Formular, das er dann ausdruckt.
Nach einem eingehenden Abgleich der Informationen mit den einzelnen Papieren holt der Beamte, aus den unergründlichen Tiefen seiner Schreibtischschublade, einen Stempel hervor und stempelt das Formular ab.
Der zufriedene Ausdruck auf seinem Gesicht lässt vermuten, dass er sich bewusst ist, dem Feierabend ein Stück näher gekommen zu sein.

Der nächste Schritt auf dem Weg zur Anmeldung eines Fahrzeugs ist die technische Fahrzeugkontrolle.
So wie ich es schon an mehreren Orten hier in Südfrankreich gesehen habe, wird die Kontrolle von kleinen Betrieben durchgeführt. Ein großes, amtlich aussehendes Blechschild am Eingang weist darauf hin, dass hier ein Fachbetrieb autorisiert ist die Kontrolle durchzuführen. Ich bekomme auch schnell einen Termin am nächsten Tag.
Eine etwaige deutsche TÜV Bescheinigung gilt hier in Frankreich nicht. Selbst wenn das Fahrzeug 3 Tage vorher beim deutschen TÜV einer Prüfung unterzogen wurde, muss hier noch

einmal geprüft werden. Vereinigtes Europa ist nicht überall und schon gar nicht vorhanden, wenn sich aus dem Besitzer des Autos noch Geld heraus pressen lässt. Ich rolle mein Fahrzeug in die kleine Halle und folge dem Techniker in sein kleines Büro.

Alles ist sehr gemütlich und die Aufnahme meiner Fahrzeugdaten in den Computer geht zügig vonstatten.

Der Techniker deutet mir an, dass ich mein Auto circa in vier Stunden wieder abholen könnte. Stunden später stehen meine Freundin Valerie und ich vor der hochgeklappten Motorhaube meines Autos. Der Techniker hat ein Notebook an die Fahrzeugsteckdose angeschlossen und beginnt mit einer Datenabfrage. Leise vor sich hin fluchend hackt er wie wild auf seinem Keyboard herum. Es sieht nicht so aus, als ob er das hier schon öfter gemacht hätte. Ab und zu erscheint er etwas ratlos.

Irgendwann ist er dann fertig und druckt in seinem Büro das Ergebnis aus.

Meine, vor kurzer Zeit in Deutschland durchgeführte, Abgasuntersuchung erweißt sich als hinfällig. Die Abgaswerte, die er mir vorlegt, sind katastrophal.

Also, da müsste ich die Fachwerkstatt aufsuchen und das Fahrzeug reparieren lassen. Danach wäre eine erneute Vorführung unumgänglich.

Außerdem sagt er, hätte er das gesamte Fahrzeug nach der Identitätsnummer abgesucht und hätte diese nicht gefunden. Und ohne Fahrgestellnummer keine abgestempelte Prüfungsunterlagen.

Ganz nebenbei, weißt er uns darauf hin, dass der Computer noch einige kleine Fehler gemeldet hätte und ein Werkstattbesuch sowieso erforderlich wäre.

Ich rolle vom Hof, mein Bordcomputer spielt verrückt. Ein Sturzbach von Anzeigen ergießt sich wie eine Kaskade über den Bildschirm. Alle Fehler die eine Autoelektronik aufweisen kann, scheint mein Fahrzeug zu haben.

Und über allem steht: >>Bitte suchen Sie die nächste Werkstatt auf.<<.

Ich nehme an, dass der Techniker beim herumhacken auf seinem Computer einige Fehlermeldungen losgelöst hat, denn bei der Abgabe des Fahrzeugs waren keine Meldungen sichtbar.

Die Werkstatt befindet sich mitten in Cannes in einer belebten Straße mit Zero Parkmöglichkeiten. Also fahre das Auto direkt in die Werkstatt, was bei einigen Mitarbeitern des Kundendienstes nicht gut ankommt. Ein Mitarbeiter kommt wild gestikulierend auf mich zu. In dürftigen Worten erkläre ich ihm, dass ich kein Französisch spreche und drücke ihm meine Autoschlüssel in die Hand.

Er schaut mich sprachlos an und versucht mir den Schlüssel wieder zu geben.

Ich lächle ihn an und marschiere wortlos zum Empfang. Die junge Dame am Empfang spricht Englisch, aber wir finden nach kurzer Zeit heraus, dass sie Deutsche ist und hier als Aushilfe arbeitet. Wunderbar, die Kommunikation ist gesichert. Die junge Dame, nennen wir sie Nina, treibt für mich einen freien Werkstattmeister auf. Ich erkläre ihm meine Probleme. Als erstes sucht er mal nach der Fahrgestellnummer, die soll sich irgendwo im Innenraum befinden. Als er sie nach 30 Minuten und dem Ausbau diverser Schutzmatten immer noch nicht findet, befragt er seinen Computer.

Die Antwort befriedigt ihn nicht, also klemmt er sich ans Telefon und ruft das Werk in Deutschland an. Es muss in Deutschland

wirklich noch Menschen geben, die etwas wissen, jedenfalls hat er die Antwort sofort. Die Nummer ist gut versteckt unter einer Matte und kaum sichtbar.
Früher waren diese Nummern gut sichtbar auf einen Träger im Motorraum eingestanzt. Bewaffnet mit einem Schweißbrenner konnte man die Nummer gut austauschen. Ich verstehe wirklich nicht, warum man es Autodieben heute so schwer macht. Auch in Ländern wie Weißrussland wollen die Menschen gute, deutsche Autos fahren. Wenn wir den Export von gestohlenen Autos vereinfachen, kurbelt das hier in unserem Land den Verkauf von Neuwagen an. Somit wäre dann Autodiebstahl als Konjunkturspritze zu verstehen.

Nina erklärt mir dann, dass der Meister das Fahrzeug jetzt an den Werkstattcomputer andocken würde um die Fehler zu katalogisieren. Das würde 170 Euro kosten. Ich erkläre ihr, dass dieses in Deutschland, jedenfalls bei den Werkstätten die ich kenne, kostenlos wäre. Die Werkstätten würden ja an der Reparatur verdienen. Niemand könne etwas dafür, dass Automechaniker heute ohne Computerdiagnose

Fehlern gegenüber völlig hilflos gegenüberstehen würden.

Ich kann mich noch an Zeiten erinnern, da fuhr man sein Auto in der Werkstatt vor und der Meister erkannte am Geruch der Auspuffabgase den Fehler.
Noch vor der Begrüßung murmelte er so etwas wie: >> Da müssen neue Zündkerzen rein, kostet 60 Mark<<

Zwei Stunden später erklärt mir der Meister in Cannes dann freudestrahlend, dass alles gar nicht so schlimm sei. Die meisten angezeigten Fehler waren Falschmeldungen.
Zwei kleine Reparaturen müssten schnellstmöglich durchgeführt werden, das würde 1.300 Euro kosten. Ich werde etwas blaß, aber Auto fängt nun mal mit Ah an und endet mit Oh.
Zu den Abgaswerten sagt er nur achselzuckend: >>Der Prüfer sollte eigentlich wissen, das man den Kat im heißen Zustand misst, bringen sie das Fahrzeug vor der Abnahme auf Betriebstemperatur, dann ist auch der Abgaswert in Ordnung.<<

Am nächsten Tag führe ich das Fahrzeug wieder in der Prüfwerkstatt vor. Ich zeige dem Prüfer die Fahrgestellnummer und frage ihn, ob er den Abgaswert sofort noch ermitteln könnte, da sich der Motor auf Betriebstemperatur befände.
Er sagt mir frech ins Gesicht, dass er die Abgaswerte gestern auch im richtigen Temperaturbereich, ermittelt hätte.
Ich grinse ihn breit an und nicke ein paar Mal mit dem Kopf, murmele >>Ja,Ja.<<.
Scheinbar beginnt er zu begreifen, dass er damit nicht punkten kann. Er hängt die Sonde in den Auspuff und führt seine Messung durch.
Also, entweder er war gestern wirklich zu faul um eine korrekte Messung durchzuführen oder der Motor meines Autos hat sich über Nacht selbst geheilt.
Jedenfalls bekommt sein Computer zufriedenstellende Abgaswerte.
Der Prüfer druckt ein paar Papiere aus und stempelt irgendwelche beeindruckend aussehende Zeichen auf die Papiere. Mit Schwung signiert er die Papiere und wünscht mir einen guten Tag. >>Ja,<< denke ich >>du mich auch!<<

Ausgestattet mit einem Bündel von Papieren fahren wir am nächsten Tag nach Grasse. In Grasse befindet sich die zuständige Prefecture für das Departement PACA. PACA heißt Provence Alpes Maritim Cote d'Azur und Grasse ist für den Standort einer Prefecture die denkbar ungeeignetste Stadt überhaupt, wenn man bedenkt, dass wir uns in einer Zeit befinden, in der in jeder Familie ein Haufen Autos vor sich hin rosten, die alle an-oder abgemeldet werden müssen. Die Stadt Grasse liegt in den Bergen, hier ist keine Straße gefühlt breiter als ein Feldweg und möglichst zu beiden Seiten zugeparkt. Parkplätze sind Mangelware. Wer hier etwas zu besorgen hat, muß mit einem langen Fußmarsch rechnen. Es geht eigentlich immer nur bergauf und wer oben ohne Herzrasen ankommt ist berechtigt den Antrag für das Fitnessabzeichen einzureichen.

Die Prefecture befindet sich in einer Villa mit den Ausmaßen eines Zwei- maximal Dreifamilienhauses. Im Vestibül, sprich Eingangsbereich, befindet sich ein Counter hinter dem eine freundliche, aber gestrenge Dame sitzt, die die mitgebrachten Papiere auf Vollständigkeit prüft. Vor diesem Counter reiht sich dann die Schlange der Menschen auf, die

mit ihrem mühsam erarbeitenden Geld nichts Besseres anzufangen wissen, als ein, oder mehrere Autos zu besitzen für die man keinen Parkplatz findet. Diese Schlange reicht bis zur Straße zurück und ich frage mich, ob bei einem plötzlich auftretenden Regen mit dem niemand gerechnet hatte, die durchgeweichten, nassen Papiere von der Dame am Counter überhaupt akzeptiert werden.
Irgendwann stehen wir dann auch vor der gestrengen Dame am Counter und fallen sofort in Ungnade. Uns fehlt der Abmeldestempel des deutschen Konsulats in Marseille. Also marschieren wir zurück zum Auto, wenigstens geht es bergab, mit der Straße und mit unserer Stimmung auch.

Das nächste deutsche Konsulat befindet sich in Nizza. Auf unseren Anruf hin wird uns mitgeteilt, dass das Konsulat in Nizza für eine Fahrzeugabmeldung nicht zuständig ist.
Meine Nachfrage, bei dieser Gelegenheit, ob ich Passangelegenheiten in Nizza regeln könnte wird auch verneint. Ich verzichte darauf zu fragen, was denn dort geregelt wird. Ich glaube, die sind

nur für die Filmfestspiele im Mai in Cannes zuständig. Der Konsul schwebt dann über den roten Teppich und beglückwünscht deutsche Regisseure dazu, dass man sie überhaupt eingeladen hat. Bei After Show Parties ist er auf jeden Fall präsent, solange der Champagner nicht ausgeht und das Buffet nicht leer gegessen ist. Einmal im Jahr erscheint dann jemand aus dem Aussenministerium in Berlin und alle Mitarbeiter des Konsulats überschlagen sich.
Nun gut, das ist meine persönliche Meinung! Wahrscheinlich ist es eher so, dass die Mitarbeiter vor lauter Arbeit nicht wissen ob es sich am Abend überhaupt lohnt nach Hause zu gehen.

Wir machen uns also auf den Weg nach Marseille zum dem deutschen Konsulat in dem auch Anliegen von deutschen Normalbürgern bearbeitet werden.
Es ist wohl so, dass in den meisten Konsulaten auf unseren Planeten nur Menschen arbeiten, die um ihr Leben fürchten müssen. Anders sind diese Hochsicherheitseinrichtungen nicht zu erklären. Man klingelt am Außentor, wird gefragt was man möchte und falls es etwas ist das hier erledigt werden kann, öffnet sich das Tor. Ich suche mit

einem Rundumblick nach Soldaten mit Maschinenpistolen, kann aber keine finden. Wahrscheinlich liegen die gut getarnt am Pool und genießen die Sonne. Der Pförtner führt uns in einen Warteraum und verschwindet mit den Papieren durch eine abgeschlossene Tür. Als er zurück kommt, die Tür wieder sorgfältig schließt, führt er uns über den Hof in ein Büro in dem eine junge Dame arbeitet. Wir dürfen 50 Euro für einen Stempel auf der Abmeldung bezahlen und das war es dann.

Wir beeilen uns aus Marseille wieder hinaus zu kommen, in der Stadt herrscht Verkehrschaos und des Nachts wird hier in manchen Stadtteilen wild um sich geschossen. In Marseille sind sich die Drogenbanden nicht darüber einig geworden wer hier die Mitmenschen mit dem Stoff aus dem die Träume sind beglücken darf. Ich glaube, ohne Drogen einzuwerfen kann man den Verkehrslärm hier sowieso nicht ertragen. Deshalb ist Marseille der Hauptumschlagsplatz von Schmuggelware im Süden von Frankreich. Hier lebt und tobt Maghreb an allen Ecken.
Wer hier Geld in der Tasche hat bekommt hier alles was der Mensch so braucht. Eine 9

Millimeter bekommt man hier schon für 80 Euro, kann man in der Zeitung nachlesen. Das ist eine schöne Pistole, mit der man auch wunderbar einen ungebetenden Einbrecher beseitigen kann, wenn es dann unbedingt sein muß. Im Hinblick auf die vielen Zeitungsartikeln über Schusswechsel in Marseille fällt das wohl nicht besonders auf. Allerdings stellt sich dann das Problem „Wohin mit der Leiche." Also lassen wir lieber die Pistole bei den Gangstern, trinken unseren Pastis und philosophieren, mit unseren Freunden, über den Sinn des Lebens und der Zweisamkeit.

Wer sehr viel Geld in Tasche hat, kann sich hier auch Politiker kaufen. Ob das wohl der Grund ist, warum die Europäische Union hier ein grosses Büro hat?

Wer ein Auto ummelden möchte braucht Zeit, viel Zeit! Möglichst sollte man eine Weile darauf verzichten seinen Lebensunterhalt mit Arbeit zu verdienen.

Am nächsten Tag also wieder auf dem Weg nach Grasse. Die gestrenge Dame sitzt dort immer noch, blickt die Papiere durch und nickt wohlwollend mit dem Kopf.

Darauf hin dürfen wir eine Nummer ziehen und nach einer Wartezeit von 40 Minuten erscheint diese Nummer über einem Schalter. Wir bekommen einen Steuerbescheid den wir einen Stock tiefer bezahlen dürfen. Es geht ziemlich tief die Treppe runter, wohl um es Verbrechern bei einem Überfall zu erschweren das viele Geld wieder die Treppe rauf zu tragen. Kraftfahrzeugsteuer zahlt man in Frankreich nur einmal bei der Anmeldung, dann im Leben dieses Fahrzeuges nie wieder, solange das Fahrzeug nicht den Besitzer wechselt. Allerdings sollte man vor der Anmeldung kräftig Geld ansparen. Valerie fällt fast in Ohnmacht als ich den Betrag begleiche, nun gut, ich fahre ein hubraumstarkes Auto aber muss es deshalb ein Betrag sein, der die zukünftige Lebensplanung ruiniert.

Danach noch schnell in der nächsten Werkstatt eine französische KFZ Nummer anschrauben und aus einem deutschen Fahrzeug ist ein französisches geworden.

Stell Dir vor, Du stehst pudelnackt unter der Dusche, die Tür geht auf und ein Gerichtsvollzieher hält Dir ein Schreiben hin.

Französische Gerichtsvollzieher haben das Recht sich Einlass in eine Wohnung zu verschaffen und einen Strafbefehl auf den nächsten, erreichbaren Tisch zu legen. Keine Ahnung wie das in Deutschland läuft, ich hatte noch nicht das Vergnügen, aber hier wird es gerne praktiziert, wenn der Empfänger auf Klingeln an der Tür nicht reagiert. In die Appartementblöcke, in der sich Valeries Wohnung befindet, kommt man nur mit einem codierten Schlüssel. Nun kann man natürlich nicht willkürlich eine Haustür aufbrechen, wenn sich dahinter ein paar zehn Wohnungen befinden. In dem Fall geht man zum Concierge und bittet ihn um Zugang zu der entsprechenden Wohnung, da der Concierge meistens über einen Zweitschlüssel verfügt. Das setzt allerdings voraus, dass der Concierge kooperationsbereit ist.

Jaques, unser Concierge ist überhaupt nicht begeistert von Gerichtsvollziehern.
Wahrscheinlich hält er sie für völlig überflüssig. Was braucht man auch so einen Typen, wenn

man Schulden eintreiben will, dafür gibt es in den Bars von Marseille genügend Leute, die das mit ein wenig eingesetzter Gewalt zustande bringen und man hat die Garantie, dass der Schuldner zahlt wenn man ihm eine Knarre vor die Nase hält. Gerichtsvollzieher sind da weniger effektiv, wenn es nichts zu pfänden gibt, ziehen sie auch gerne unverrichteter Ding wieder ab.

Hätte man die Gelegenheit mit der Gewalt anderswo, zum Beispiel in Deutschland, würden wahrscheinlich nicht so viele Leute unbekümmert Schulden machen oder sich von einem Kumpel Geld leihen. Aber dann würden wahrscheinlich die Gefängnisse überlaufen und Millionen von Menschen wären vorbestraft.

Jaques hält auch nichts davon, dass Strafbefehle von einem Gerichtsvollzieher überbracht werden, dafür, sagt er, gibt es in Frankreich eine Post. Immerhin ist er bereit, den Brief entgegenzunehmen und ihn in den entsprechenden Postkasten zu werfen. Die Postkästen befinden sich nämlich auch hinter der Haustür.

Valerie kommt also eines schönen Abend von der Arbeit nach Hause, öffnet ihren Briefkasten und findet einen Strafbefehl vor. Auf dem

Schreiben ist lediglich vermerkt, dass sie mit dem Gerichtsvollzieher sofort Kontakt aufnehmen sollte. Außerdem ist vorgedruckt vermerkt, daß man ins Gefängnis kommen kann, wenn man die Strafe nicht bezahlt. Ein Grund für den Strafbefehl ist merkwürdigerweise nicht angegeben. Mein Mädel ist in sofort heller Aufregung, sie ist jemand der auf solche Schreiben erstmal mit Panik reagiert. Wahrscheinlich sieht sie schon ihren Kopf unter der Guillotine. Was sagt man jemanden der völlig aufgelöst, mit einem Schreiben in der Hand von einer Ecke in die andere rennt und schon bei Folter und Todesstrafe angekommen ist? Genau >>Ruf da an und frag was die wollen.<<

Die Sekretärin am anderen Ende der Telefonleitung sagt ihr, dass sie am Telefon keine Aussage über den Grund sagen darf, man müsse schon persönlich erscheinen und das Büro macht um 18:00 Uhr zu.

Also rasen wir um 17:10 Uhr die 8 Kilometer nach Downtown Cannes und Valerie fegt in das Gebäude in dem der Schreckensverbreiter sein Büro hat. Unterwegs höre ich pausenlos >> Was ist das bloß, ich kann mir das nicht erklären, ich hab doch immer alles direkt bezahlt und wenn

wir das jetzt nicht aus der Welt schaffen, kann ich die ganze Nacht nicht schlafen.<<
Nach 15 Minuten kommt sie zum Auto zurück und schimpft wie ein wild gewordener Hafenarbeiter.
Ich beruhige sie erstmal und sie erzählt mir, dass vor einiger Zeit ihr Auto von einem total besoffenen Fahrer zu Klump gefahren wurde. Der ist natürlich weitergefahren und hat keine Meldung hinterlassen. Was er nicht bedacht hatte, war, dass Cannes und die Umgebung mit Videocameras zugepflastert sind.
Also war es für die Polizei ein Leichtes, ihn als Täter zu identifizieren. Man hatte da einfach die Aufnahmen der nahe stehenden Camera ausgelesen und Rumms die Bumms hatte man das Kennzeichen des Übeltäters. Ein paar Wochen später bekam er also vom zuständigen Gericht einen Strafbefehl wegen Trunkenheit am Steuer und Fahrerflucht. Die Kopie dieses Strafbefehls sollte der Gerichtsvollzieher an Valerie überbringen, damit sie das ihrer Versicherung mitteilen könnte.
Merkwürdigerweise ist es in Frankreich wohl so, dass im Falle eines, von einem andern Fahrer zugefügten, Schaden, die eigene Versicherung den Schaden reguliert. Wahrscheinlich wird das

im Zuge der Verrechnung mit der gegnerischen Versicherung abgewickelt. Nebeneffekt ist unangenehmerweise die Tatsache, dass für den Fall des schuldhaften Verhaltens beider Seiten für Fahrzeughalter die nicht eine Kaskoversicherung abgeschlossen haben, der eigene Schaden nicht reguliert wird. Das ist dann eben dumm gelaufen. Selber Schuld auch, man hätte seinen Geiz eben zügeln sollen und den armen Versicherungen ein gutes Stück Geld mehr in die Taschen schieben können. Denen geht es doch so schon schlecht genug, bei den vielen Schadensregulierungen. Wo bleibt denn da die Solidarität?

Jedenfalls steht nun der arme Wicht von Gerichtsvollzieher in Jaques Büro und hat die Kopie des Strafbefehls dabei. Die will er allerdings nicht jemand überlassen, der die vielleicht nicht zustellt und den Postkasten will er auch nicht benutzen, der könnte ja aufgebrochen werden. Misstrauen ist immer gut, Faulheit und Vergesslichkeit sind Todsünden die in Frankreich überall vorhanden sind, meint er.
Also was macht er, weil diese Situation in seinem Lehrbuch nicht vorkommt.

Er nimmt ein leeres Strafbefehlformular und befiehlt damit Kontaktaufnahme. Schließlich sind auf dem Formular ja seine Adresse und seine Telefonnummern vorhanden, das ist doch wohl genug der Information.
Irgendwie wächst in uns dann doch ein wenig Mitleid mit dem Kerl, „Wissen ist Macht" aber „Nicht Wissen macht auch nichts".

Versicherungsschaden in Frankreich, nur Geduld.

Im März diesen Jahres entstand in der Wohnung direkt über der Wohnung von Valerie ein Wasserschaden. Wenn man dieses sehr spät bemerkt, läuft viel Wasser auf den Boden, sehr viel Wasser. Nun sind Hochhauswohnungen, in einem zivilisierten Land wie Frankreich, nicht dafür geeignet als Badewanne zu dienen. Also was passiert, das Wasser sucht sich einen Ablauf. Unglücklicherweise war der nächste Weg, für einen Teil der Flüssigkeit, durch die Decke in Valeries Küche zu tropfen. Da dieses in unmittelbarer Nähe zur Küchenwand geschah, wurde es auch hier nicht gleich bemerkt. Als erstes fing mal die Tapete hinter den Hängeschränken an, sich zu lösen. Plötzlich war dann ständig irgendwo Feuchtigkeit. Das Übel wurde schnell gefunden und die Nachbarin wurde befragt. Die wusste zuerst mal gar nicht worum es ging, dann, auf hartnäckiges Nachfragen hin, gestand sie einen Wasserschaden gehabt zu haben. Aber, sagte sie, sie sei gut versichert und Valerie sollte sich keine Sorgen machen, sie würde die Schadensmeldung sofort tätigen.

Ein halbes Jahr später meldete sich dann die Haftpflichtversicherung der Nachbarin bei Valerie. Man würde einen Sachverständigen vorbei schicken.

Das scheint in Frankreich üblich zu sein. Die Versicherungen warten erst mal ab, ob sich der Schaden nicht von selbst repariert, oder ob der Geschädigte vielleicht in der Zwischenzeit umzieht, oder noch besser, verstirbt.

Ich persönlich kann mich an einen Schadensfall anlässlich einer Messe in Paris erinnern. Wir hatten, für unseren Messestand, bei der Organisation eine Glasvitrine gemietet. Da unser Programm vorsah, sehr hochwertige Spiegel zu verkaufen die für Teleskope in der Raumfahrt verwendet wurden, wurden diese nur mit weißen Handschuhen angefasst und in die Vitrine gestellt. Glücklich darüber, dass die Spiegel den Transport nach Paris ohne Kratzer überstanden hatten, versuchten wir nach dem Einräumen die Vitrine abzuschließen.
Das Schloss wollte nicht schließen. Die Messeorganisation versprach uns, sofort einen Messehandwerker vorbei zu schicken. Der kam auch nach einer Weile und bastelte eine halbe

Stunde an dem Schloss herum. Sich ratlos am Kopf kratzend, als das nicht funktionierte, sah er sich suchend in seinem Werkzeugkoffer um.

Dann entschied er sich für die beste aller Möglichkeiten und kramte einen Hammer hervor. Unsere Aufschreie >> don't do that<< nahm er nicht zur Kenntnis. Wie auch, französische Handwerker gehören zur selbsternannten, intelligenten Elite des Landes und für Dinge die sich nicht logisch beseitigen lassen, gibt es immer noch Hammer und Meißel. Und außerdem, Messeaussteller in Paris haben gefälligst französisch zu sprechen. Es kam wie befürchtet, er drosch mit dem Hammer auf das Schloss ein. In Glasvitrinen kann man tolle Sachen aufbewahren, aber rohe Gewalt können sie nicht ausstehen. Überall lagen plötzlich Glasscherben und zerkratzte Raumfahrtspiegel herum. Unsere Messenachbarn waren in Deckung gegangen, da sie wohl annahmen, dass der alte deutsch-französische Zwist wieder ausgebrochen wäre und hier jetzt so etwas wie Krieg herrschte. Der Handwerker räumte in Seelenruhe seinen Hammer ein, schloss seine Werkzeugkiste und verschwand. Für ihn war der Fall gelöst, eine Vitrine die kaputt am Boden liegt, kann man, bei besten Willen, auch mit einem Hammer nicht schließen.

Wir suchten also wieder das Organisationsbüro auf und erklärten der Mitarbeiterin, dass hier ein Sachschaden entstanden wäre und auf Regulierung durch die Versicherung der Messegesellschaft wartet. Außer vielen >> Mon Dieux, desolé<< erstmal keine Reaktion. Dann, auf unser Drängen hin, begann sie mit der Versicherung zu telefonieren. Das war für sie wohl das erste Mal in ihrer Karriere, jedenfalls hörte es sich so an, als wäre gerade die Welt untergegangen oder Wesen von einem anderen Planeten wären gelandet und würden das Messegebäude stürmen. Sie erklärte uns, dass das Gespräch ergeben hätte, dass zwei Sachverständige der Versicherung morgen vorbei kommen würden um den Schaden aufzunehmen.

Als erstes orderten wir dann eine neue Vitrine um unsere demolierten Spiegel dann doch einigermaßen zu präsentieren. Die wurde auch schnell geliefert, diesmal sogar mit einem Schloss, das sich ohne Hammer schließen lies.

Die beiden Versicherungsmenschen ließen auch am nächsten Morgen nicht lange auf sich warten. Nach Befragung des Messehandwerkers durften wir den Fall aus unserer Sicht darlegen. Der Zusammenhang von einem Hammerschlag auf ein Schloss in einer Glasvitrine und als Folge dem Bruch der Vitrine war unstreitbar.

>> Machen Sie sich keine Sorgen<< sagte einer der beiden >>unsere Gesellschaft regelt das schnell und großzügig.<<

Erstmal geschah zwei Monate nichts. Dann nach mehreren Anrufen in Paris, in denen mir versichert wurde, dass der Fall in Bearbeitung sei, entschloss ich mich eine befreundete Studentin, die ausgezeichnet Französisch sprach, mit der kontinuierlichen Nachfrage zu beschäftigen. Das erbrachte erst mal überhaupt nichts, auch sie wurde weiterhin vertröstet. 9 Monate nach dem Vorfall hatte meine Geduld ein Ende, ich ließ durch meine Studentin mitteilen, dass ich das Büro in Paris in den nächsten 3 Tagen aufsuchen würde.

Das Reisebüro, das alle meine Geschäftsreisen buchte, hatte uns Flug und zwei Zimmer in einem netten kleinen Hotel in Paris gebucht. Wir reisten am Abend vorher an, suchten ein wunderbares Restaurant auf und ließen es uns gut gehen.

Meine Devise war von jeher, auch wenn nichts ringsherum klappt, sollte man seinen Magen und seine Seele befriedigen.
Am nächsten Morgen fuhren wir mit der Metro in die Nähe der Versicherung.
Als ich das Firmenschild mit der Aufschrift
– Assurance- las, war meine Laune sofort im tiefen Keller. Mit einem dementsprechenden Blick begann ich also die Debatte über meinen Anspruch. Meine Stinklaune muss wohl einige Befürchtungen hervorgerufen haben, denn nach einem langen hin und her war man dann bereit, mir einen Scheck auszustellen. Einer der Manager meinte, das könnte so um die 2 Stunden dauern und lud uns zum Essen ein. Es entwickelte sich ein nettes Gespräch in einem Gemisch von Deutsch, Englisch und Französisch und irgendwann gestand er uns, dass Schadensabwicklungen dieser Art bis zu 12 Monaten dauern könnten, das sei ganz normal.

An All das erinnere ich mich als Valerie mir von ihrem Schadenregulierungsanspruch erzählt. Zwei Wochen später taucht dann plötzlich der Gutachter bei Valerie auf. Ein junger Mann, wohl frisch von der Schule, ausgestattet mit viel theoretischem Wissen, meint das wäre ja alles

gar nicht so schlimm. Den inzwischen entstandenen Schimmel an der Tapete ignoriert er fröhlich. Die Regulierung in Höhe einiger hundert Euro lehnt Valerie ab. Weitere zwei Monate passiert mal gar nichts, dann erscheint die Kavallerie der Versicherung. Jaques, der Concierge, klingelt unten am Eingang, murmelt etwas von >> Hier sind ein paar Leute von der Versicherung.<< und kommt dann mit seinem Gefolge im Schlepptau in die Wohnung.
Plötzlich ist die Bude voll. Valerie, Ich, Jaques und zwei Experten von der Versicherungsgesellschaft. Zu allem Überfluss noch eine Mitarbeiterin der Hausverwaltung. Und was für eine. So um die Mitte Zwanzig, teuer aber geschmacklos gekleidet. Sie sieht eher aus wie ein Pornomodel und ist total überschminkt. Ihre Riesenoberweite drängt gegen ein Oberteil, das wohl bei der letzten Wäsche zu heiß gewaschen wurde und dann kräftig eingelaufen ist und machen den Eindruck als ob sie die schützende Hülle gleich und gerne verlassen möchten. Darüber hinaus ist der Fetzen auch noch tief ausgeschnitten und gibt den Blick auf die zwei ansehnlichen Honigmelonen frei. An ihren Ohren baumeln riesige Halteschlaufen, wie in der Straßenbahn. >> Na gut<< denke ich,

für die Dinger gibt es bestimmt einen praktischen Grund. Irgendwo muß man sich, bei diesem Oberteil, als Mann ja festhalten sonst haut einen der Anblick um.
Jaques und ich grinsen uns mit verklärtem Blick an, wahrscheinlich denken wir gerade das Gleiche. O.K. Männer sind größtenteils so gestrickt. Eine Frau in dieser Aufmachung erregt nun mal mehr Aufmerksamkeit als die alte Marktfrau an der Ecke, mit vier Röcken übereinander. Den Charakter wollen wir in dem Moment ja nicht bewerten. Selbst die Werbung vermittelt uns an jeder Ecke und in jedem Moment, dass sich Produkte mit aufreizend angezogenen Damen besser verkaufen. Wer wird schon ein Parfüm kaufen, wenn sich Abdullahs Oma, im langen, schwarzen Mantel und kopftuchbedeckt, damit auf dem Bildschirm vollpüstert. Natürlich erklären wir unseren Frauen hinterher, dass wir den Anblick ja ganz fürchterlich fanden, so völlig daneben. Frauen wollen beruhigt werden und keine Gefahr von außen spüren, wenn so ein Weib auftaucht.

Mit vielem Ah und Oh begutachten die Sachverständigen den Schaden und man einigt sich auf eine Schadenssumme von fast 2000 Euro.

Alle sind glücklich, Valerie über die Erstattung, die Experten haben mit Sicherheit das Gefühl ihrer Gesellschaft einiges an Geld erspart zu haben, so ohne Gegengutachten, und Jaques und ich hatten ein kostenloses Vergnügen.

Was bei für die junge „Dame" dabei raussprang werden wir wohl nie erfahren.

Das Abenteuer ein Haus zu kaufen und es ohne Nervenzusammenbruch zu überstehen.

Eines schönen Abends ist es dann soweit. Ich nehme mir vor, Valerie zu fragen, ob sie sich vorstellen könnte zu heiraten. Bei einer solchen Formulierung hält man sich dann noch ein Hintertürchen auf. Man kann, falls einem die Angst vor den Konsequenzen dieser Frage überfällt, immer noch sagen >> Ist doch nur theoretisch, wir brauchen doch so ein Stück Papier nicht.<<
Natürlich läuft es nicht so ab. Es gibt Champagner, Kerzenschein und einen Diamantring in meiner Hand und dann kommt die Frage auf die hin die meisten Frauen auf dieser Welt Tränen in die Augen kriegen, zumindestens bei ihrem ersten Mal.

>>Liebling, willst Du mich heiraten?<<.

Merkwürdig ist nur, dass sich das bei einer Scheidung dann umkehrt, da bekommen dann die Männer die Tränen in die Augen.
Ab der dritten Hochzeit reguliert sich auch das. Da wartet der Anwalt im Nebenzimmer mit einem 128 Seiten starken Ehevertrag.

Nachdem wir den romantischen Teil hinter uns gebracht haben, stellt sich uns die Frage, wo wollen wir wohnen. Hier im Appartement geht es auf Dauer zu Zweit nicht. Deutschland als Domizil kommt erst mal nicht in Frage. Meine zukünftige Frau befindet sich noch in einem Arbeitsverhältnis und ihre Deutschkenntnisse sind so marginal wie mein Französisch. Unsere Kommunikation findet, falls notwendig, in Englisch statt, das ist eine Sprache die wir beide beherrschen. Und vor allem anderen gibt es da noch Valeries Katze mit Namen Princess und die macht ihrem Namen alle Ehre, sie verhält sich wie eine Adelige mit Dienstpersonal, womit ich meine, dass wir das Personal darstellen. Das ist hier in erster Linie mal ihr Revier in dem wir nur geduldet sind, weil wir sie mit Leckereien versorgen. Eine solche Grand Dame kann man nicht so einfach in ein fremdes Land übersiedeln. Also beschließen wir, dass wir uns gemeinsam ein Haus in Frankreich kaufen werden. Die nächste Frage ist wo wollen wir leben. Nicht zu weit von Valeries Arbeitsstätte entfernt, aber auch nicht in einer Gegend die unseren finanziellen Rahmen komplett aus den Fugen heben würde. Da kommt die Mittelmeerküste mal überhaupt nicht in Frage. An der Cote

d'Azur haben die Preise für ein kleines Haus mit vier Zimmern inzwischen die Preise eines Mehrfamilienhauses mit Hochhauscharakter in Deutschland erreicht. Also ein nettes kleines Haus im Departement Var, das käme unseren Vorstellungen und unserem Geldbeutel sehr entgegen. Nicht zu weit von der Küste entfernt, in den Bergen, in einem kleinen Dorf, das sollte genügend Lebensqualität bringen.
Ich fliege nach Deutschland zurück und Valerie sucht bis zu meiner Rückkehr schon mal den Markt nach vernünftigen Angeboten ab.
Sie schickt mir jede Woche die Angebote per Mail zu und wir entscheiden dann, welches der Häuser wir besichtigen wollen. Die Preise liegen hier in
einem Bereich den man noch übersehen kann und wenn wir unser Angespartes zusammenlegen, müsste das zu machen sein.

Bei meinem nächsten Besuch in Frankreich besichtigen wir ein paar Objekte, auf die wir uns geeinigt hatten. Wir treffen uns mit dem entsprechenden Makler und fahren bei den Objekten vor. Hier läuft wirklich alles über einen Hausmakler. In jedem kleinen Dorf gibt es mindestens drei von ihnen. Zwar wird hier in der

Provence viel gekauft und verkauft, aber trotzdem ist uns schleierhaft, wie die ganzen Makler zurechtkommen. In den größeren Städten, wie Cannes, Nizza oder Toulon stößt man alle paar Meter auf ein Maklerbüro.
Der Markt ist völlig versaut. Ein Haufen Schrottimmobilien werden für einen völlig überzogenen Preis angeboten. Wer nicht ganz unkundig notwendigen Reparaturen gegenübersteht, erkennt in diesen Fällen sofort, dass er dem Verkaufspreis noch ein paar zehntausend Euro Erhaltungsaufwand hinterher schicken muss. Und auch dann nicht ist es gewährleistet, dass man nach dem Kauf nicht noch wundervolle Überraschungen erlebt. Dazu kommt noch, dass Küchen und Bäder meistens in einem Stil gestaltet sind, der schon meiner Uroma das Grausen in die Augen getrieben hätte und der uns sofort zu Umbaumaßnahmen zwingen würde. Und sei es nur, dass man die Wand oder Bodenfliesen so grauslich findet, dass einem beim hinsehen die Augen weh tun. Manchmal haben wir beide das Gefühl, dass der Bauherr die Fliesen entweder im völligen Dunkeln gekauft hat oder aber an chronischer Geschmackverirrung leidet.

Gottseidank sieht man es meistens schon im Internet oder in den Maklerprospekten, wie die ganze Geschichte aussieht und kann diese Objekte schon mal ausklammern.

Auf der anderen Seite gibt es auch hübsche kleine Objekte in einer ruhigen Lage, in denen man sich vorstellen kann sofort einzuziehen. Der Trend, dass Ehepaare sich Häuser bauen lassen, in denen sogar italienische Großfamilien noch die Dorfnachbarn zum Einzug überreden könnten und man Telefone für die Unterhaltung am Abend benutzt, hat sich hier nicht durchgesetzt.
Wenn man durch deutsche Neubaugebiete geht, hat man teilweise das Gefühl, dass hier beim Gespräch mit dem Architekten im Vordergrund das Bedürfnis stand, ein größeres Haus als der Nachbar zu bauen. Wenn man an den Haustüren klingelt, stehen dann in vielen Fällen die Eigentümer, meistens junge Ehepaare mit dem Wunsch zwei Kinder groß zu ziehen, wenn es dann finanziell reinpasst, vor einem. Leider ist es wohl oft so, dass diese Häuser dann in einem Zeitraum von drei bis fünf Jahren zum Verkauf stehen, weil sich die Eigentümer völlig übernommen haben, und, oder gerade eine Scheidung ins Haus steht, weil die Nachbarin ja

viel mehr Sexappeal mitbringt wie die eigene Ehefrau. Und nicht wie die selbige für die Abzahlung der Hypothek schuften muss, weil ihr Ehemann ein erfolgreicher, aber hässlicher Geschäftsmann ist, der, aus Prestigegründen, nicht möchte, dass sein Schnuckelchen arbeitet. Schnuckelchen hat viel Zeit und Langeweile und der junge Nachbar, der, muskelbepackt, seinen Rasen mäht und dessen Ehefrau sich gerade den Schweiß in ihrem Büro von der Stirn schaufelt, wird da schnell mal zum Objekt der Begierde.

Unser erstes Objekt das wir besichtigen, ist eigentlich genau das, was wir uns vorgestellt haben. Ortsrandlage, großes Hanggrundstück, 3 Stockwerke in den Hang hineingebaut, zwei große Terrassen mit Blick über das Tal und ein Swimming Pool mit vernünftigen Ausmaßen, drei kleine Schlafzimmer, Salon und Esszimmer. Eine offene Küche rundet das Angebot ab. Im unteren Stockwerk befindet sich eine große Garage und das ganze hat so um die 130 Quadratmeter Wohnfläche. Wir können uns sofort vorstellen, dass unsere Katze sich hier wohl fühlt. Der Preis ist allerdings etwas, dass nicht so recht in unser Budget passt. Wir sehen uns noch ein paar Objekte an, die aber alle nicht

in Frage kommen und zum guten Tagesende bietet uns der Makler sein eigenes Haus an. Er möchte sich beruflich verändern und sein Haus passt nicht mehr in seine Lebensplanung.
Das Haus gefällt uns auf Anhieb sehr gut. Was uns nicht gefällt, ist seine Preisvorstellung, er liegt noch 50 000 Euro über dem ersten Angebot. Wir verabreden noch ein paar Termine mit anderen Maklern, aber auch hier ist nichts dabei was uns so richtig begeistert. Entweder passt der Schnitt des Hauses nicht in unsere Vorstellung oder der Preis ist jenseits von gut und böse.

Der Gipfel des Ganzen ist dann die Besichtigung einer Bergerie. Eine Bergerie ist ein Haus mit Schafstall und in der Provence sehr begehrt, weil es, nach einer umfassenden Renovierung und kräftigem Umbau, viel Platz bietet. Meistens schliesst sich noch ein Riesengrundstück an.
Von außen sieht die Kiste ja auch, auf dem ersten Blick, wildromantisch aus.
Innen trifft mich der Schlag. Hier wurde zwar mit dem Umbau schon angefangen, aber es sieht hier eigentlich noch wie in einer Fabrik aus. Elektrokabel wurden willkürlich, auf dem Putz, durch den Raum gezogen. Wände stehen halbfertig bearbeitet. Der Kamin scheint kräftig

zu räuchern, er ist ringsherum schwarz. Auch die Wasserinstallationen sind hier sichtbar an den Wänden entlang gezogen. Na gut, das vereinfacht die Reparaturen. Das ist hier ja kein Auto, bei dem man erstmal viele Plastikdeckel wegschrauben muß, um eine defekte Wasserpumpe auszuwechseln. Und hier lebt eine Familie? Mich schüttelt es erstmal.

Hier hätte ich bis zu meinem Lebensende zu arbeiten, um das Haus nach unseren Vorstellungen umzubauen. Dem Eigentümer ist über den Bauarbeiten das Geld ausgegangen und er hat die Vorstellung von 620 000 Euro Verkaufspreis.

Ich bin etwas sprachlos, aber das Reden besorgt ja sowieso Valerie und so muß ich ihm nicht klarmachen was ich mir bei seinen Vorstellungen denke.

Ich kann mir zwar nicht vorstellen, dass das Haus einen Käufer findet, aber wer weiß das schon. Eine kluge Frau hat mir mal gesagt >>Es geht jeden Tag ein Dummer vom Bahnhof, man muß ihn nur finden.<<.

Wir stellen die Besichtigungen ein, ich muß zurück nach Deutschland um mich um den Verkauf meines Hauses zu kümmern und ohne das Geld für das Haus in Deutschland gibt es kein anderes in Frankreich. Valerie ist auch noch damit beschäftigt zwei kleine Appartements, die ihr gehören, zu verkaufen, aber davon später.

Nachdem wir unsere Euronen in einen Topf geschmissen haben und uns darüber im Klaren sind, welchen Kaufpreis plus Notar und Steuern wir uns beim Hauskauf leisten können, meldet sich Valerie noch einmal bei dem ersten Makler. Wir möchten uns das erste Haus in der Ortsrandlage noch einmal anschauen. Beim zweiten Besichtigungstermin entscheiden wir uns dem Verkäufer ein Angebot zu machen. Unsere Vorstellungen liegen mit dem des Verkäufers weit auseinander. Aber die Herrschaften liegen in Scheidung. Die Frau ist finanziell nicht in der Lage, das Haus zu halten und er ist längst ausgezogen und ist dem Ruf anderer Weiblichkeit erlegen. Beide brauchen das Geld dringend. Ich frage mich zum wiederholten Male, warum man erst gemeinsam ein Haus bauen muß, um dann festzustellen, dass man nicht zueinander passt. Aber Baustaub scheint ja den Blick zu trüben und das Gehirn zu umnebeln.

Nun, das geht uns alles nichts an, des einen Leid ist des anderen Freud.

Der Makler gibt unser Angebot weiter, es geht noch ein paar Mal hin und her mit dem Preis. Dann geben die Verkäufer auf und stimmen zähneknirschend dem letzten Angebot zu. Ein Notartermin wird vereinbart.
Der Verkauf einer Immobilie läuft, in Frankreich, etwas anders ab wie in Deutschland. Während Verkäufer und Käufer sich in Deutschland im Vorfeld des Notartermins über alles einigen, dann dem Notar mitteilen was im Vertragstext stehen soll und daraufhin nach der Verlesung des Vertrages, diesen unterzeichnen, hat der Verkauf in Frankreich so seine Eigenheiten. Sicherlich dauert es auch in Deutschland ein paar Tage oder Wochen bis die Eintragung vollzogen ist. Der Kaufpreis wird vom Notar erst nach Erledigung der notwendigen Anfragen und Eintragungen freigegeben, aber das geht in der Regel doch ziemlich schnell.

Hier in Frankreich ist das anders. Hier hat man einen ersten Termin beim Notar bei dem die Absicht erklärt wird, dass man die Immobilie zu einem vereinbarten Preis kauft, respektive verkauft. Dann werden die Eigenschaften der Immobilie verlesen, wenn gewünscht, kleine Änderungen im Vertrag vorgenommen und dann

darf der Käufer einen Scheck, in Höhe von 10 Prozent der Kaufsumme, beim Notar hinterlegen. Danach hat man, als Käufer, ein Rücktrittsrecht von einem Monat. Tritt man dann vom Vertrag zurück, gehen die 10 Prozent, abzüglich der Gebühren, an den Verkäufer. Der Notar wendet sich nach dieser Zeit an die Stadt oder die Gemeinde um Vorkaufsrechte abzufragen, sowie an das Katasteramt zur Umschreibung. Die ganze Prozedur dauert mindestens 3 Monate. Als Ausländer muss man beim Termin mit einem staatlich geprüften Übersetzer erscheinen, um sprachliche Irrtümer auszuschliessen. Unser Makler bekommt dann auch schnell einen ersten Termin bei einer Notarin im Nachbarort.
Wir treffen uns mit dem Makler und dem Verkäufern vor dem Notariat. Augenblicke später rollt ein riesiger Hausfrauenpanzer auf den Hof. Das ist so ein vierradgetriebenes Fahrzeug mit dem man sich, im urbanen Dschungel unserer Dörfer, seinen Platz auf der Strasse erkämpft. Man geht diesen Dingern am besten aus dem Weg, Größe bedeutet hier auch sehr oft aggressives Fahrverhalten. Hinter dem Steuer sitzen dann vielfach junge Frauen mit einer Körpergröße von circa 160 Zentimeter oder weniger, die kaum über das Lenkrad schauen

können. Dem entsprechend wird dann auch geparkt. Nicht so unsere Notarin, eine junge Dame mit Kleiderständerfigur. Der Anblick erweckt in mir die Assoziation mit der Wüste im Anfang des Sommers. >>Es kam eine lange Dürre.<< Ohne uns eines Blickes zu würdigen, rauscht sie an uns vorbei und verschwindet in den Tiefen des Büros.

Wir nehmen erstmal im Wartezimmer Platz und nach einer Weile erscheint ihre Assistentin und bittet uns in das Notarbüro. Also diese Assistentin ist schon mal ein Hingucker. Sie hat ihre Rundungen an der richtigen Stelle und einigermaßen gut aussehen tut sie auch. Ihr ganzes Auftreten deutet darauf hin, dass sie sich dessen auch voll bewusst ist. Im Laufe der Verlesung ergeben sich immer mal wieder ein paar Änderungen, die Notarin greift zum Telefon und die Assistentin erscheint im Büro um den handschriftlich geänderten Vertrag entgegen zu nehmen. Jedes Mal hat sie dabei ein Kleidungsstück weniger an und zu guter letzt erscheint sie mit einem breiten Gürtel, der wohl einen Minirock darstellen soll und einem ziemlich offenherzigen Top. Ich hoffe, dass es noch ein paar Änderungen mehr geben wird, werde aber enttäuscht, die Show ist zu Ende.

Ich überlege mir, ob sie wohl nach Feierabend noch in einer Table Dance Bar auftritt und das hier schon mal Aufwärmübungen waren, man weiß ja nie. Allerdings ist es auch an diesem Tag ziemlich warm, vielleicht war sie einfach nur verschwitzt und hat deshalb ihre Bekleidung wechseln oder reduzieren müssen.

Die Notarin selber entpuppt sich als ziemlich unfreundlich und Ausländer scheint sie überhaupt nicht zu mögen. >>Na gut,<< denke ich >>du willst sie ja nicht heiraten.<< Der Gipfel ist dann, dass sie den Verkäufern erklärt, dass diese gegebenenfalls eine noch höhere Abschlagssumme fordern können, falls wir vom Vertrag zurücktreten. Wir fragen uns, wo da die Neutralität bleibt, zu der sie eigentlich verpflichtet ist.
Nach ungefähr drei Monaten ruft die Assistentin an und gibt uns den Abschlusstermin bekannt. Da wir noch auf den Geldtransfer aus Deutschland warten, bittet Valerie die Assistentin den Termin leicht nach hinten zu verschieben. Die schnippische Antwort kommt postwendend. Das ginge nun überhaupt nicht, wenn wir den Termin nicht einhalten könnten,

wird der Verkauf platzen und wir würden der Anzahlung Lebewohl sagen können.

Scheinbar hat das Mädel wohl eine Schulung von ihrer Chefin bekommen, wie man unfreundlich mit Klienten umgeht.

Wir rufen den Makler an, er soll da mal einschreiten, schließlich hat er die Notarin besorgt. Er erklärt uns, dass sein Chef sowieso abends mit dem Chef der Notarsozietät essen geht, der wird den Fall ansprechen.

Am nächsten Tag muß es wohl in der Kanzlei gehagelt haben, eine ziemlich kleinlaute Assistentin ruft an und gibt uns einen späteren Termin bekannt.

Ein paar Tage später haben wir den Kaufpreis auf unserem Konto und bestätigen den Termin.

Beim zweiten Termin geht dann fast alles reibungslos vonstatten, die Notarin verliest noch einmal den nun fertigen Vertrag, meine Übersetzerin erklärt mir diesen in deutsch und wir werden unseren Scheck mit der Restkaufsumme los.

Obwohl uns die Verkäufer im Vorfeld versichert haben, dass im Haus alles in Ordnung sei, rückt die Ehefrau mit der Mitteilung heraus, dass die Geschirrspülmaschine seit längerer Zeit nicht funktionieren würde. Sie hätte schon einen

Monteur da gehabt, der ihr einen Kostenvoranschlag für den Ersatz der Wasserpumpe in Höhe von circa 100 Euro gemacht hätte, erklärt sie uns. Kein großes Ding, eigentlich nicht der Rede wert. Später stellt sich dann heraus, dass nicht die Wasserpumpe den Geist aufgegeben hatte, sondern eine neue Elektronik eingebaut werden muss. Und das zum Preise einer neuen Maschine.

O.K. kleine Lügen gehören wohl, bei manchen Menschen, dazu, wenn man etwas verkaufen will. Es stößt uns zwar sauer auf, aber es ist nun wirklich nichts um das man sich aufregen muss. Bei der Endübergabe, bei der der Verkäufer die Eigenheiten des Hauses erklärt, stellt sich dann noch ein Defekt an der Zisternenpumpe heraus, der schon länger bekannt war. Außerdem erklärt er uns, dass auf geheimnisvolle Weise Wasser aus dem Pool verschwinden würde. Einfach betrachtet, irgendwo gibt es eine Leckage. Im darauf folgenden Winter, der hier meistens in einem heftigen, sintflutartigen Dauerregen erfolgt, finden wir dann heraus, dass die Außenwände der Garage, die in den Hügel hinein gebaut wurde, nicht in einem vernünftigen Maße im Außenbereich isoliert wurden. In dürftigen Worten, das Wasser läuft innen an den Wänden herunter und bildet niedliche kleine Pfützen. In der Garage wächst dann mit der Zeit dann ein Indoor Pool. Damit kann man sich arrangieren. In Frankreich leben heißt gelassen leben. Die alltäglichen Hindernisse, die das Leben vor einem aufbaut verblassen in der südlichen Sonne auch schnell wieder.

Allerdings ist Schluss mit Lustig, als wir, nach einem Unwetter, dann 20 Zentimeter Wasser auf dem Fußboden vorfinden. Der Abfluß war hier einfach nicht mehr in der Lage die Riesenmengen abzutransportieren.

Die anderen Kleinigkeiten, die sich später heraus kristallisieren, sind eigentlich nicht erwähnenswert. Wie sagte doch der Vater meines Freundes, nachdem sie zusammen das Haus meines Freundes hochgezogen hatten und glücklich auf das fertige Ergebnis schauten >> So mein Sohn, jetzt hast du ein Haus und nie mehr Langeweile.<<

Während der Abschlußverhandlung bei der Notarin ist die Assistentin nirgends zu sehen. Entweder hat ihre Chefin sie aus der Schusslinie genommen oder sie hat in ihrem Club ein paar

Überstunden hingelegt, was dann dazu führte, dass sie schlicht und einfach verschlafen hat. Irgendwie bedaure ich das, ich hatte mich schon auf den Anblick gefreut.

Wir ziehen um, oder wie man hier in Frankreich ein Auto mietet.

Endlich ist die Zeit gekommen um unsere Möbel zu vereinigen und das Haus vollzustellen. Ich buche einen Flug nach Deutschland im Internet. Das mit dem buchen im Internet ist auf jeden Fall mal mit Vorsicht zu geniessen, es ist zwar kostengünstiger als sich im Reisebüro ein Ticket ausstellen zu lassen, birgt aber andererseits auch gewisse Risiken. Man bucht bei einem Flugportal, die geben das dann weiter an die Airline und man druckt sich ein E-Ticket aus, dessen Nummer man dann im Flughafen in ein Terminal eingibt. Natürlich hilft das der Airline, die kann dann wieder ein paar hundert Mitarbeiter nach Hause schicken, die sonst ihre Zeit damit vertrödelt haben umständlich einen Sitzplatz für den Fluggast zu finden und ihm dann ein Ticket auszudrucken. Ich frage mich wie lange es dauert, bis am Counter gar niemand mehr sitzt und man sein Gepäck alleine abfertigen muss. Das geht dann wahrscheinlich so wie bei diesen modernen Getränkekistenrücknahmeautomaten (was für ein Wort!) im Supermarkt. Man schiebt die Kiste Leergut in den Schlund des Automaten, der zieht die Kiste ein und wenn man Glück hat, wird ein Kassenbeleg ausgedruckt. Manchmal erzieht einem dieser Automat aber dazu keine nicht passenden Flaschen in die Kiste zu stellen. Man stellt die Kiste aufs Band, sie wird eingezogen und schwups kommt sie wieder raus. Das macht der Automat so lange bis man begriffen hat, dass da etwas mit der Ladung nicht stimmt. Bösartige Menschen, die viel Zeit haben, weil das Fernsehprogramm mal wieder überhaupt nichts bietet, machen sich einen Spaß daraus. Die falsch beladenen Kisten werden stundenlang immer wieder in den Automaten geschoben. Hinter ihnen bilden sich Schlangen von Leuten, die auch ihre Kisten loswerden wollen. Wenn die Schlange dann dreimal um den Supermarkt reicht, ruft man dann einen Mitarbeiter, der erklärt, warum die Kiste immer wieder raus kommt.

Wenn diese Aktion dann hier, irgendwann einmal, weil man auch den letzten Mitarbeiter durch Automaten ersetzt hat, so ähnlich am Flughafen abläuft und das Gepäck immer wieder zurück kommt, werden wohl einige Gäste ihren Flug verpassen.

Wenn man seinen Flug rechtzeitig bucht um Geld zu sparen, sollte man seinen e-mail account immer im Blick haben. Es kommt vor, das kurz vor dem Datum an dem man fliegen möchte, sich ein Benachrichtigungsmail über Abflugzeitänderungen einfindet. Wer das, aus welchen Gründen auch immer, nicht mitbekommt, steht vor dem Automaten, gibt leise fluchend seine Daten ein und bekommt ein freundliches
>>Lieber Fluggast, ihr E-Ticket kann nicht bearbeitet werden. Bitte begeben sie sich zum Abflugschalter.<< auf das Display gemeldet. Ich gehe also zum Counter und die junge Dame dieser deutschen Urfluglinie sagt mir, ich wäre zu spät dran und sollte mich an den Verkaufsschalter wenden. Die könnten den Flug ja umbuchen.
Die Bodenhostess der Linie informiert mich, dass die Abflugzeit geändert wurde. Das hätte ich wohl nicht mitbekommen. Ausserdem wäre ihre Linie für den Flug gar nicht zuständig, der wäre an eine Partner-Airline weitergegeben worden und da sollte ich mich mal schlau machen. Ich sage ihr, dass auf meinem Ticket aber der Name ihrer Fluglinie stehen würde. Das beeindruckt sie nicht im Geringsten. Ich wandere also zu dem Counter der Partner-Airline. Die

Mitarbeiterin dreht das Ticket dreimal herum und bemerkt, dass da ja gar nicht ihre Linie erwähnt ist, ich sollte mal an den ersten Counter zurück gehen. Ich erzähle ihr, dass ich da gerade herkomme, die wollen mit dem Flug nichts zu tun haben. Inzwischen hat meine Lautstärke um einige Dezibel zugenommen. Sie marschiert also mit mir an den ersten Counter und sagt
>> Da steht ja der Name ihrer Airline drauf, also kümmern sie sich auch darum.<<
Lässt uns stehen und verschwindet.

Es hat hier also niemand Lust den Papierkram zu erledigen und außerdem ist es ja sowieso meine Schuld, ich hätte ja etwas früher zum Flughafen kommen können, dann hätte man mich auch befördert. Das mag ja alles so sein, aber das geht doch auch freundlicher, mit dem Willen zu helfen. Das Ende vom Lied ist, dass ich mir bei einer dritten Linie einen Flug buche, der zwei Stunden später abgeht und dafür noch einmal den dreifachen Preis meines E-Tickets zahle. Viel später lese ich dann, dass man ein paar hundert Mitarbeiter dieser deutschen Urfluglinie entlassen wird. Das tut ja wirklich weh, wenn man das liest, aber diese unfreundlichen Damen sollten unbedingt dabei sein! Solche Mitarbeiter haben bei einem Dienstleister nichts zu suchen.

Ich buche mir in Deutschland bei einem Autovermieter dann einen 7,5 Tonnen Lastwagen mit Hebebühne um meine Möbel nach Frankreich zu transportieren. Mein Freund wird mir dabei helfen und den Lastwagen dann wieder nach Deutschland zurück fahren. Einen derartigen Lastwagen bekomme ich aber in unserem Dorf nicht auf die Wege die zu unserem Haus führen. Also beauftrage ich Valerie mit der Aufgabe einen kleinen Laster bei einem Mietwagenunternehmen zu buchen. Am besten eine sogenannte Pritsche, also ein Fahrzeug mit offener Ladefläche. Dann können wir die Möbel und die Kartons direkt von der Hebebühne auf das kleinere Fahrzeug umladen, ohne jedes Mal abzusteigen und den ganzen Krempel in ein geschlossenes Fahrzeug zu heben. Valerie besorgt sich eine Preisliste des Anbieters und ruft dann dort an.

Valerie
\>\> Bonjour, sie haben eine Pritsche in ihrem Angebot.<<

Mitarbeiterin des Verleihers in Kürze VM
\>\>Bonjour, ja haben wir<<

Valerie
\>\> Was kostet die , wenn ich die für einen Tag miete?<<

VM
\>\> Für was brauchen sie denn eine Pritsche?<<

Valerie
\>\> Wir wollen Umzugskartons und Möbel von einem größeren Fahrzeug umladen und dann zu unserem Haus transportieren.<<

VM
\>\> Da nehmen sie am Besten einen geschlossenen Sprinter<<

Valerie
\>> Wir wollen aber eine Pritsche, das Umladen ist dann bequemer<<

VM
\>> Die Pritsche ist aber viel teurer<<

Valerie
\>> O.K. was kostet die denn?<<

VM
\>> Die Pritsche schluckt auch viel zu viel Kraftstoff.<<

Valerie
\>> Wir fahren damit maximal zwanzig Kilometer, das ist uns egal.<<

VM
\>> Die Kartons könnten runterfallen, besser ist ein Sprinter.<<

Valerie
\>> Um es kurz zu machen, was kostet die Pritsche pro Tag?<<

VM
\>> Die Pritsche kostet 102 Euro am Tag, wie gesagt, ein Sprinter ist billiger.<<

Valerie
\>> O.K. wir überlegen uns das.<<

VM
\>> Sie brauchen für die Anmietung einen Nachweis über den Wohnort, am besten die letzte Stromrechnung oder die Wasserrechnung.<<

Valerie
\>> Haben wir nicht, wir ziehen gerade ein.<<

VM
\>> Dann brauche ich den Notarvertrag<<

Am Tag der Umladung regnet es in Strömen und wir buchen einen Sprinter um die Kartons nicht unterwegs aufzuweichen.

Unsere Nachbarn und wie man sich in das Dorfleben integriert.

Wie sich das in unserer abendländischen Kultur gehört, beschließen wir uns unseren direkten Nachbarn vorzustellen. Valerie erfragt die Telefonnummer bei unserem Makler und wir vereinbaren einen Termin am Haus. Das Haus von Jean und Danielle, unseren direkten Nachbarn, liegt, durch einen Hof getrennt, Garage an Garage. Jean empfängt uns am Haus und wir reden eine ganze Weile über allgemeine Dinge, wie Arbeit, Lebensumstände und wie schön doch die Umgebung hier sei. Irgendwann, im Laufe des Gesprächs, bittet er uns herein und kocht uns einen Kaffee. Danielle, seine Frau , ist leider nicht da. Sie muß arbeiten, sagt er. Wir verspüren sofort ein angenehmes Gefühl, das hier wird sicherlich eine nette Nachbarschaft. Beiläufig erklären wir ihm, dass wir planen in diesem Dorf zu heiraten, es ist ja schließlich unsere neue Heimat.
Er fragt uns wer uns dann trauen würde. Valerie geht davon aus, dass das der Bürgermeister machen wird. Jean erklärt uns, dass er ehrenamtlich für das Bürgermeisteramt arbeitet und die Berechtigung besitzt uns verheiraten zu

können. Wir sind sofort begeistert, ein sympathischer Nachbar der unsere Trauung vollzieht, besser geht es nun wirklich nicht.

Auch auf seiner Seite verspüren wir so etwas wie Erleichterung, er hatte schon mit den schlimmsten Nachbarn Europas gerechnet und seine Flinte bereit gelegt und nun bekommt er anscheinend ein Paar, das ihm gefällt. Er erklärt sich sofort bereit uns beim Einzug und Möbelschleppen behilflich zu sein. Zum Abschluß schenkt er mir noch eine gute Flasche Wein aus seinem Keller und wir fahren mit dem Gefühl vom Hof, dass wir die richtige Entscheidung getroffen haben, hier zu leben.

Mit der Zeit lernen wir dann auch seine Ehefrau, Danielle kennen, eine gut aussehende, langhaarige, immer lustige Person, die ein wenig Deutsch und einigermaßen gut Englisch spricht. Die Verständigung ist also sichergestellt.

Die Verbindung zu Jean und Danielle entwickelt sich schon kurze Zeit später zum Glücksfall für uns. Jeder im Ort kennt die beiden und durch Jeans Arbeit für die Gemeinde bietet sich für uns die eine oder andere Gelegenheit, uns in das Geschehen im Ort einzubinden. Jean ist der Organisator für alle Feste, die im Ort gefeiert werden und so vergeht nur kurze Zeit bis er bei uns nachfragt, ob wir wohl bei den Vorbereitungen für die Feste mitwirken wollen. Wir stimmen begeistert zu.

Das erste Fest an dem wir aktiv teilnehmen ist das Correto, ein zweitägiges Fest rund um Pferd und Reiter. Es gibt einen Umzug durch das Dorf und auf dem Sportplatz ist eine große Arena aufgebaut. In der Arena finden die einzelnen Spektakel statt. Es gibt Dressurreiten, Pferderennen, Stunts auf Pferden, eine wilde Horde Kosaken mit Akrobatik auf galoppierenden Pferden und vieles mehr. Rund um die Arena stehen große Zelte mit verschiedenen Ausstellern, die Artikel rund ums Pferd anbieten, ein Indianerlager, sowie einige Restaurations-zelte.

Am Tag vorher beginnen wir morgens um 7 Uhr mit dem Aufbau der Absperrung der Arena und dem Montieren der Zelte. Für mich ist 7 Uhr morgens eigentlich noch tiefe Nacht und ich laufe meistens erst so gegen 9 Uhr zur vollen Konzentration auf. Von Jean ernte ich nur einen mitleidigen Blick, er war die ganze Nacht mit Planung beschäftigt. Der Aufbau ist Knochenarbeit, das Gestänge der Zelte ist schwer und es braucht acht kräftige Männer um die

Plane dann über das Gestänge zu ziehen und zu befestigen. Es ist ein unheimliches Gewusel rings auf den Platz, mir scheint, dass das halbe Dorf am Aufbau teilnimmt. Ich werde überall wo ich mit anpacke erst einmal freundlich begrüßt. Ein Deutscher der in einem kleinen Dorf bei den Festvorbereitungen mithilft, das hat es hier noch nicht gegeben. Meine geringen Sprachkenntnisse übersieht man freundlich. Es ist ziemlich warm in diesen Tagen und uns allen läuft spätestens zur Mittagszeit der Schweiß am Körper herunter. Dann stoppt mit einem Male das Geschehen auf dem Platz, wir versammeln uns unter einem Zeltdach und zelebrieren das, was Menschen in Südfrankreich am liebsten tun, es gibt Aperitif. Ein Grillfeuer lodert am Rand des Zeltes vor sich hin, spuckt wilde Flammen in den Himmel, wenn das Fett von den aufliegenden Würstchen tropft und ein älterer Dorfbewohner versucht die hungrigen Mäuler zu stopfen. Das eine oder andere Produkt seiner Bemühungen sieht zwar mehr wie Holzkohle aus, aber das stört niemanden großartig. Dazu gibt es, das in Frankreich unvermeidliche, Baguette, Salate, Käse und reichlich Wein.

Ein anderer Jean, (In Frankreich muss das Buch mit Namensvorschlägen nicht so dick sein wie in

Deutschland. Französische Eltern sind bei der Wahl der Namen nicht sehr erfinderisch, es gibt größtenteils Jean, Jean Marc, Jean Paul, Jean Pierre, Jean Claude und noch einige derartige Namensverbindung. Das macht die Arbeit auf einer Großveranstaltung ziemlich einfach, man ruft Jean und hat sofort die Aufmerksamkeit von mindestens 5 Personen, die ihre Hilfe anbieten.) ein knorriger Typ mit unendlich viel Humor hat ein paar hundert Flaschen Weißwein und Roséwein mit Fruchtsaft vermischt.

Kalt serviert, eine unglaublich gut schmeckende Alternative zu dem Landwein, den wir aus großen Pappkartons ausschenken. Es gibt Mischungen mit Erdbeeren, Himbeeren, Heidelbeeren, Orangen, Mandarinen, Pampelmuse sowie Waldmeister und Basilikum. Alles sehr lecker mit ein paar Eiswürfeln im Plastikbecher. Hier herrscht eine unglaublich gute Stimmung, es werden derbe Witze erzählt, die eine oder andere Story aus dem Dorf und jeder muntert einen zum essen und trinken auf.

Valerie greift dann auch etwas später mit ins Geschehen ein, wir fahren die Supermärkte in der Gegend ab und kümmern uns um den Einkauf der Getränke und Lebensmittel. Aperitif soll für alle Besucher kostenlos angeboten werden. Die Ladung fertig gebackener Pizzen geht kaum in den kleinen Lieferwagen, die Federn und Stoßdämpfer halten auch so gerade noch durch.

Am Tag darauf kümmern wir beide uns in erster Linie um den Ausschank der Getränke und dem Nachschub von kleinen Leckereien, in erster Linie mal kleine Stücke Pizza. Bei weit über zweitausend Besuchern eine schweißtreibende Angelegenheit.

Derjenige der mir am meisten Leid tut ist Jean. Beim schreien der Kommandos über den ganzen Platz hat er seine Stimme eingebüßt. Das hält ihn aber nicht davon ab, Ankündigungen des Programms über das Mikrofon anzusagen und an jeder Ecke nach dem rechten zu schauen. Der Höhepunkt ist dann noch, dass der angeheuerte Nachtwächter nicht erscheint. Also schlafen Jean und ein anderer Mitarbeiter im Auto auf dem Platz, um die wertvolle Musik- und Ankündigungsanlage vor Verlust zu schützen. Außerdem haben die Aussteller schon allerhand Waren in ihren Zelten. Ein unbewachter Platz lädt da schon mal zu einem nächtlichen Spaziergang ein. Als wir morgens um sieben

wieder erscheinen, spritzen sich die beiden kurz Wasser ins Gesicht und weiter geht es.
Wenn es ums Feiern geht, bringt einen Franzosen so leicht nichts um.

Es dauert nicht lange bis das nächste große Event ins Haus steht. Es gibt in der Nähe unseres Dorfes eine sehr kurvenreiche Strecke durch die Berge. Wer hier mit mehr als fünfzig Stundenkilometer unterwegs ist, leidet mit Sicherheit an temporärer Hirnlosigkeit. Aber irgendein Verein hat sich diese Strecke für ein Bergrennen mit Autos ausgesucht. Also richten wir auf unserem Sportplatz ein Fahrerlager ein. Außerdem wollen natürlich alle Beteiligten unterhalten werden, so dass eine Bühne aufgebaut wird, auf der Rockbands auftreten werden.
Also viel Krach um und auf dem Sportplatz. Eine große Gruppe der Dorfbewohner wird als Streckenposten verpflichtet. Natürlich lassen Valerie und ich es uns nicht nehmen daran teil zu haben. Die Anfahrt vom Sportplatz zur Rennstrecke führt quer durch den Ort, der Normalverkehr muss also zeitweise gestoppt werden um die Rennwagen, ohne Zeitverzögerung, durchfahren zu lassen. In

Ermangelung von Walkie Talkies steht nun alle 300 Meter ein Streckenposten und wenn auf dem Sportplatz die Motoren dröhnen und sich die Fahrer auf den Weg machen, rudert der erste Posten am Platz wild mit den Armen und das Signal wird durch das ganze Dorf weitergegeben. Von oben, aus der Luft, gesehen, muss das wohl aussehen wie eine Reihe von Fitnessübungen auf Zuruf. Sicher haben so die alten Germanen die Ankunft des Feindes signalisiert. Man steckt sich auch besser Watte in die Ohren, diese tief fliegenden Kisten sind nicht gerade schallgedämpft. Dazu ist es auch noch tierisch heiß, so um die 35 Grad in der Sonne. Ich stehe also an einer Kreuzung und wenn mein Kollege vor mir wilde Zuckungen bekommt, gebe ich diese an meinen Leidensgenossen hinter mir weiter. So viel Wasser, wie ich ausschwitze, kann man gar nicht trinken. Ich fühle mich wie ein Kamel, das in einer Oase aufgetankt wird. Das ist hier nichts für Typen mit Blasenschwäche. Die nächste Toilette ist hunderte Meter entfernt. Es gibt bei den Fahrzeugen keine Typenbeschränkungen, jeder der eine Seifenkiste mit 800 PS Motor sein eigen nennt, kann hier mitmachen. Manche der Fahrzeuge sind so tief gelegt, das die Karosserie in jeder Senke Funken sprüht. Ich finde es ganz schön mutig damit unsere Dorfstraßen, die für so etwas nicht ausgelegt sind, zu befahren. Aber wer mit 200 Stundenkilometer da oben über die Rennstrecke düst, hat sowieso sein Gehirn im Fahrerlager zurück gelassen. Ich sperre also, wenn es losgeht, die Querstraße zu beiden Seiten ab. Überall hängen Parkverbotsschilder und wir sollen dafür sorgen, dass nicht irgendein Wahnsinniger sich mit seinem PKW in die Rennkolonne einreiht. Das klappt auch größtenteils sehr gut, bis eine junge Frau auf die Idee kommt neben der Anfahrtstrecke vor einem Haus zu parken.

Ich weise sie darauf hin, dass direkt vor ihrer Nase ein Halteverbotsschild hängt.

Sie meint, sie kommt ja gleich wieder und wird sich auch beeilen. Also ich kenne keine Frau, die irgendwo parkt und gleich wieder kommt, wenn ein Geschäft in der Nähe ist. Ich erkläre ihr mit dürftigen Worten, dass das nicht funktioniert und sie wird pampig. Gottseidank habe ich ja Watte in den Ohren und, wie schon öfter bemerkt sind meine Sprachkenntnisse nicht ausreichend um ihr die passende Antwort zu geben. Zwar verfüge ich über eine ganze Reihe von Beleidigungen und Schimpfwörtern auf französisch, das ist ja immer das Erste das man in einer fremden Sprache lernt, aber ich bin ein höflicher Mensch und denke das nur. Allerdings denke ich das in diesem Fall sehr intensiv.

Meine Rettung ist mal wieder mein Freund und Nachbar Jean, der mit einem Kleinbus regelmäßig die Strecke abfährt. Was er der jungen Frau an den Kopf wirft verstehe ich nicht, aber es zeigt Wirkung, sie fährt fluchend weiter.

Ich muss mich unbedingt später einmal mit ihm unterhalten, um meinen Wortschatz in der Richtung zu erweitern.

Nach einer ganzen Weile taucht dann ein Fahrzeug mit einem älteren Ehepaar auf, die direkt an der Kreuzung wohnen. Ich denke mir, dass das aber sehr nett von dem alten Herrn ist, seine Frau direkt vor dem Haus aussteigen zu lassen, um dann das Fahrzeug irgendwo abseits zu parken. Nein, weit gefehlt, die beiden beginnen in Seelenruhe ihre Einkäufe ins Haus zu tragen und der Wagen ist ziemlich voll. Ich mache ihn darauf aufmerksam, dass das jetzt nicht geht und er doch seit mehreren Tagen weiß, das hier nicht geparkt werden darf. Außerdem versuche ich ihm klar zu machen, dass er mitten auf der Rennstrecke steht, und das ist gefährlich. Er reagiert nicht, lädt weiterhin sein Auto aus.

Die Ehefrau ist mittlerweile verschwunden und erscheint auch nicht wieder. Wahrscheinlich stapelt sie gerade Tiefkühlkost in die Gefriertruhe. Ich nehme mal an, dass die beiden bei dem ganzen Gedonnere der Motoren und dem Knallen der Fehlzündungen gedacht haben, der nächste Krieg bricht aus und sie müssten sich mit Lebensmitteln eindecken. Der gute Mann ist gerade mit einem Arm voll Lebensmittel im Haus verschwunden, als mein Kollege vor mir anfängt mit den Armen zu rudern. Ich schlage die Hecktür des Autos zu, ein Blick in den Innenraum genügt um festzustellen, dass der Schlüssel steckt. Mit quietschenden Reifen bringe ich das Fahrzeug aus der Gefahrenzone. Das ist gerade noch mal gut gegangen, wenn auch sehr knapp. Allerdings werde ich dann von dem guten Mann wüst beschimpft und diesmal verstehe ich alles. Ich sage mit einem Grinsen im Gesicht auf französisch
>> Tut mir sehr leid, ich verstehe sie nicht, ich spreche kein französisch. Sprechen sie vielleicht Englisch oder Deutsch?<<
Jetzt ist er wohl voll davon überzeugt, die Deutschen sind wieder einmarschiert.
Später fährt mich Jean an den Start des Rennens. Ich stehe fast neben einem Rennwagen als der

Typ mit der Startflagge den Weg freigibt. Das Getöse ist atemberaubend, ungefähr so als wenn man in Cape Canaveral neben der Startrampe steht und Apollo 123 hebt ab. Der Fahrer fliegt in einem Wahnsinnstempo auf die erste Kurve zu, bremst das Fahrzeug auf eine Kurvengeschwindigkeit herunter, die mich in meinem Auto auf den Mars schießen würde und ist in Sekundenbruchteilen hinter der Kurve verschwunden.

Abends wird dann wieder der Grill angeheizt und während die Flammen in den Himmel schlagen und wir die Holzkohle, die im rohen Zustand einmal Würstchen waren, in den Mund schieben, unseren Wein aus den Plastikbechern trinken, überkommt uns alle ein sehr zufriedenes Gefühl.

Die beiden Renntage waren für das Dorf mal wieder ein großer Erfolg. Für uns hat es sich auch ausgezeichnet, spätestens jetzt kennt uns das halbe Dorf, wir werden überall freundlich angesprochen.

Hochzeit mit kleinen Hindernissen.

Der Tag der geplanten Hochzeit rückt näher. Wir fahren zu der Mairie des kleinen Ortes und geben unsere benötigten Papiere ab. Die Mairie liegt mitten im Dorf an der Hauptstraße, die sich als Allee auf beiden Seiten mit Platanen bewehrt, durch den Ort schlängelt. Die Sekretärin des Bürgermeisters empfängt uns und wir werfen uns einen kurzen Blick des Erstaunens zu. Die schon etwas leicht in die Jahre gekommende Dame hat einen sehr eigenwilligen Geschmack, was Kleidung und Make Up angeht. Nun gut, wir werden alle älter und über Geschmack lässt sich trefflich streiten. Vielleicht ist es hier im Ort auch üblich, dass man sich in den Ämtern so anzieht, als ob man eigentlich zum betreten einer Disco bereit ist, um sich dort den Partner fürs Leben zu angeln. Die Sekretärin blättert sorgfältig die Papiere durch und auf unsere Nachfrage hin ob wir noch etwas benötigen, verneint sie dieses. Wir einigen uns auf einen Termin, den sie sich sofort in ihrem Computer notiert. Umnebelt von einer Duftnote Parfüm verlassen wir ihr kleines Vorzimmer. Draußen auf der Straße tanken wir dann erstmal kräftig

Frischluft. Das war dann doch etwas zu viel des Guten. Wir nehmen uns vor, die Bekleidung heute Abend auf dem Balkon auszulüften, um nicht in den Verdacht zu kommen, dass wir in einer Wanne voller Parfüm gebadet hätten.

Im Nachbarort befindet sich eine Domaine, also ein Weingut, das sich auf Hochzeiten spezialisiert hat.
Auf einem riesenhaften Grundstück, in umgebenden Weinfeldern, steht ein wildromantisches Gehöft, größtenteils aus behauenen Felssteinen zusammen gefügt. Der Parkplatz alleine entspricht der Größe unseres Grundstückes. Zwei riesige Säle mit, für acht Personen, gedeckten Tischen sowie eine gemütliche Außenterrasse runden das Bild einer wundervollen Ambiente. Unterhalb der Terrasse,m durch einen Rasen getrennt, befindet sich noch ein Pavillon mit einer Bar.
 Eine freundliche junge Dame, die Tochter des Besitzers, empfängt uns und wir geben ihr unseren Hochzeitstermin bekannt.
Wir haben ein unwahrscheinliches Glück, es ist das einzige noch freie Wochenende im Jahr, das noch nicht ausgebucht ist. Die Domaine hat ein paar sehr schöne Hotelzimmer und so können

wir hier zumindestens die Hochzeitsgäste aus Deutschland unterbringen. Sie informiert uns, dass wir die Möglichkeit haben an einem Probeessen des Hochzeitsmenüs teilzunehmen, bei dem man dann unter vier verschiedenen Menüs auswählen kann.

Inzwischen erscheint dann auch ihr Bruder und ich bitte ihn um eine kleine Weinprobe.
Er entkorkt eine Flasche, schenkt reichlich ein und ich verziehe mein Gesicht. Der Wein ist oxydiert, schmeckt wie ein guter Essig eben schmecken muß.
Valerie findet den Wein ganz ordentlich.
>>Was du auch immer hast<< sagt sie>> der ist eben sehr trocken.<<
Soviel dann zu den Weinkenntnissen meiner Zukünftigen. Ich besteh auf meiner Meinung und der junge Mann schenkt sich auch eine Probe ein, nicht ohne mir vorher einen etwas mitleidigen Blick zuzuwerfen.
>> Deutsche verstehen nichts von gutem französischen Wein>>
denkt er sich wohl im Stillen. Seine Reaktion kommt schnell und unmissverständlich, er spuckt den Schluck gezielt in ein nahes Waschbecken.

Dabei macht er ein Gesicht als hätte man in seinem Magen eine Zitrone ausgedrückt.
\>\> Der Wein ist schlecht.<< sagt er.
Ha, denke ich, ich bin hier der mit dem Sachverstand. Dabei bin ich doch eigentlich nur Weintrinker und kein Weinkenner. Jedenfalls bin ich in seiner Achtung um mindestens achtzig Punkte gestiegen. Er öffnet eine andere Flasche desselben Jahrgangs und siehe da, der Wein ist völlig in Ordnung. Die erste Flasche war dann ja wohl ein Montagswein. Wahrscheinlich wird er dann vor dem Hochzeitsessen erstmal jede Flasche öffnen und probieren. Das wird dann so ähnlich ablaufen wie jedes Jahr zu Silvester im Fernsehen, wenn Butler James in „Dinner for One" seiner Miss Sophie den Alkohol kredenzt. Ich werde mich mal nach einem Löwenfell umschauen.

Wir verschicken unsere Hochzeitseinladungen und fangen an uns mal über die Kosten Gedanken zu machen. Kleine Sorgenfalten bilden sich auf unseren Stirnen, hoffentlich bleiben die nicht haften, wer will schon einen völlig verknitterten Partner. Wir überlegen kurz, ob wir es dann nicht doch im kleinen Kreis feiern, aber ich sage dann >> fuck the money, wir beide feiern dieses Fest nur einmal in unserem Leben zusammen und wollen unsere Freunde dabei um uns haben.<<

Wir haben den Termin auf einen Freitag gelegt, sodass unsere Gäste zwei Tage Gelegenheit haben um wieder nüchtern zu werden und das Fünf Gang Menü zu verdauen, das wir bei dem Probeessen zusammengestellt haben. Die ersten Gäste reisen am Mittwoch vor dem Hochzeitstermin an. Einige per Auto und einige per Flugzeug. Ich hole unsere deutschen Gäste, die per Flugzeug anreisen, vom Flughafen in Nizza ab. Das sind zwar jedes Mal 130 Kilometer hin und 130 Kilometer zurück, aber was macht man nicht alles um nicht alleine zu trinken. Unsere französischen Freunde werden alle, am Tag der Trauung in der Mairie, mit dem Auto kommen, darum muss sich niemand kümmern. Valeries Mutter reist mit ihrem Freund Jean Pierre schon ein paar Tage früher an und wird in unserem Apartment in Cannes wohnen. Ein paar Freundinnen von Valerie übernachten bei uns im Haus. Das Haus hat inzwischen den Charakter einer Jugendherberge angenommen. Fünf Mädel und ein Badezimmer, das ergibt für die männliche Bevölkerung, nämlich mich, das Gefühl etwas

unterrepräsentiert zu sein. Gottseidank hat das Haus zwei Toiletten. Bei den schwachen Blasen, mit denen so manche Damen gesegnet sind, gäbe es hier wohl Terroralarm. Ich freue mich schon auf die Wasserrechnung.
Am Donnerstag fahre ich noch ein letztes Mal nach Nizza um Freunde abzuholen. Valerie fährt in die nächste Stadt, um sich eine Gesichtspflege zu gönnen.
>> In aller Ruhe,<< wie sie sagt >>kurz noch mal durchatmen bevor der Trubel losgeht.<<
Meine Freunde und ich bummeln langsam mit dem Auto auf der Küstenstraße von Cannes nach St.Raphael zurück.
Ab und zu steigen wir aus um die herrliche Landschaft in uns aufzusaugen. Die Straße windet sich immer am Esterel Gebirge vorbei und bietet atemberaubende Ausblicke auf das Meer, sowie auf der anderen Straßenseite auf das Gebirge mit seinen rötlichen Felsen.
Mein Handy liegt irgendwo im Auto und ich werfe erst am Ende der Straße einen Blick auf das Display. Fünf Anrufe von Valerie. Ich rufe zurück und habe eine völlig aufgelöste Valerie am Ohr. Sie war kaum bei ihrer Gesichtspflege angekommen, als die Sekretärin der Mairie

anrief. Das Gespräch läuft dann folgendermaßen ab:

Sekretärin :
>>Bonjour, hier ist die Sekretärin der Mairie.<<

Valerie :
>>Bonjour Madam.<<

Sekretärin:
>>Sie haben morgen Nachmittag einen Termin zur Trauung.<<

Valerie :
>>Das ist richtig.<<

Sekretärin:
>>Sie können Morgen aber nicht heiraten!<<

Valerie (entsetzt)
>>Warum denn das nicht?<<

Sekretärin:
>>Es fehlt noch ein wichtiges Papier aus Deutschland.<<

Valerie:
>>Aber Sie haben doch mit uns kontrolliert ob alle Papiere vorhanden sind. Das kann doch jetzt nicht sein, dass da noch etwas fehlt.<<

Sekretärin:
>>Tut mir leid Madam, ich habe dieses Papier nicht, das müssen Sie wohl vergessen haben.<<

Valerie:
>>Sehen Sie doch bitte noch einmal nach, es muss doch da sein.<<

Sekretärin:
>>Glauben Sie, ich halte hier keine Ordnung.<<

Valerie (verzweifelt)
>>Ich rufe meinen Verlobten an, der bringt Ihnen das verloren gegangene Papier sofort vorbei.<<

Sekretärin:
>>Aber bitte sofort, sonst können Sie Morgen nicht heiraten.<<

Darauf hin versucht eine am Boden zerstörte Valerie mich im Auto zu erreichen, was ihr aus

oben genannten Gründen nicht gelingt. Nach fünf Anrufen gibt sie auf und ruft unseren Nachbarn Jean an. Jean, der uns morgen trauen soll.
Der rast mit dem Auto in sein Büro in der Mairie und staucht erstmal die Sekretärin zusammen, die ja offensichtlich das besagte Formular irgendwo vergraben hatte. Er ruft Valerie zurück und sagt ihr, sie solle sich beruhigen, wenn das Dokument nicht wieder auftaucht, können wir es immer noch nachreichen. Er, jedenfalls, würde uns morgen Nachmittag trauen.

Die Nacht vor der Hochzeit verläuft eigentlich ohne große Probleme, die Toilettenspülung rauscht, ab sechs Uhr Morgen ist das Badezimmer von jungen Damen blockiert, so dass ich mich frage, ob ich vielleicht ohne Dusche und unrasiert zu meiner Trauung erscheinen sollte. Ich verwerfe diesen Gedanken aber gleich wieder. Ich habe mir einen teuren Anzug anfertigen lassen und da muss man sich dann entscheiden, rasiert und geduscht, oder als Clochard der unter der Brücke übernachtet und dementsprechend in Jeans mit offenem Hemd.

Das gibt dann zumindestens Gesprächsstoff bei den Gästen für die nächsten zwanzig Jahre. Ich betrachte im Spiegel die dunklen Ringe unter meinen Augen, ich hatte wohl doch etwas zuviel Wein gestern Abend und außerdem habe ich kaum geschlafen. Wie schon erwähnt, war das Gästezimmer mit vier Damen belegt, davon zwei im Bett und zwei auf einer großen Luftmatratze. Leider hatte sich das Ventil der Matratze einen sehr ungünstigen Augenblick ausgesucht, um kräftig Luft abzulassen. Also war ich zweimal in der Nacht mit einem Kompressor unterwegs, um das verdammte Ding wieder aufzublasen. Das machte zwar einen Heidenlärm, aber die Mädel waren ja sowieso ständig auf Toilettentourismus. Ich nehme mir vor erstmal das Kosmetiklager meiner Zukünftigen einer Inspektion zu unterziehen, irgendwo zwischen den hundert Kilo Make Up- Krimskram wird sich ja eine Creme finden, die meine Augenringe übertönt und die Falten wegbügelt.

Valerie verabschiedet sich inzwischen, sie fährt in die Domaine um sich in unserem Hochzeitsschlafzimmer, in aller Ruhe und ohne störendes Gefrage, in ihr Brautkleid zu werfen. Außerdem soll ich natürlich das Kleid auch nicht vorher sehen.

Mit dem ungestört wird das nichts. Valeries Mutter kommt mit ihrem Freund Jean Pierre aus Cannes und Jean Pierre, der generell keine Autobahn fährt, um das Geld für die Maut zu sparen, verfährt sich zweimal in den Dörfern. Also ruft er Valerie an und fragt nach dem Weg. Natürlich ist er auch viel zu spät dran.
Außerdem hat Jean Pierre auch noch ein Geschenk für uns im Auto. Freunde aus Cannes haben ihn gebeten, das Geschenk zu unserem Haus zu bringen. Bei dem Geschenk handelt es sich um eine zwei Meter hohe Palme für unseren Garten.
Das Pflänzchen ist sauschwer und nimmt fast das ganze Auto in Beschlag. Wie die beiden sitzen erschließt sich mir nicht, als ich das sehe. Wahrscheinlich hat Valeries Mutter die Palmwedel, während der Fahrt aus dem Gesichtsfeld von Jean Pierre heraus gehalten. Kein Wunder, dass er sich zweimal verfahren hatte. Tarnung ist ja Gut und Schön, aber um einer Radarfalle ein Schnippchen zu schlagen, sollte sich die Tarnung außen am Fahrzeug befinden und nicht innen.
Irgendwann stehen die beiden bei uns in der Einfahrt. Ich lege gerade letzte Hand an meinen

Hochzeitsanzug an, als Agnes, eine von Valeries Freundinnen, an meine Schlafzimmertür klopft.
Jean Pierre benötigt meine Hilfe beim Ausladen der Palme. Ich überlege kurz ihm vorzuschlagen das Grünzeug im Auto zu lassen und es morgen in aller Ruhe auszuladen, halte es dann aber nicht für eine gute Idee. Nachher verfährt er sich wieder und findet die Mairie nicht, von der Domaine ganz zu schweigen. Ich sehe schon, wie sich die gesamte Hochzeitsgesellschaft bemüht, Jean Pierre und Valeries Mutter in ganz Frankreich aufzuspüren.
Also wieder raus aus dem schönen Anzug und rein in die Jeans. Vielleicht erscheine ich ja nun doch als Clochard mit einer Palme in der Hand. Jetzt drängt die Zeit, wenn ich nicht meine Hochzeit verpassen will, müssen wir uns beeilen. Also die Palme muss so schnell wie möglich raus aus dem Auto. Jean Pierre jammert mir die Ohren voll über das Mitbringsel und darüber hinaus wohnen wir doch wohl am Ende der Welt, das währe ja kaum zu finden.
Ich, inzwischen wieder frisch gebügelt mit Hochzeitsanzug, fahre in die Mairie. Im Hof haben sich schon etliche Hochzeitsgäste eingefunden, die mit Spannung auf das Brautkleid warten, in dem sich Valerie befindet.

Da niemand mich davon überzeugen will, doch noch schnell ins Ausland zu fliehen, warte ich der Dinge die da nun unvermeidlich kommen werden. Die Mitarbeiterin von Jean fragt noch ein paar Daten bei mir ab und das ist ganz lustig, weil ich im Alter von zwei Jahren von meinem Stiefvater adoptiert wurde und mein Geburtsname ziemlich unaussprechlich ist. Sie müht sich redlich, aber wir haben dabei viel Spaß. Valerie erscheint und faltet sich mit ihrem Brautkleid aus dem Hochzeitsauto. Ich denke wieder einmal, was für ein Glück ich hatte, eine so gut aussehende, kluge Frau zu finden und um uns herum geht das Maschinengewehrfeuer der klickenden Kameras los. Jean beginnt mit der Trauung und Heinrich, mein Trauzeuge liest die deutsche Übersetzung vor.

Das sich dabei, ein oder zweimal, die Sätze verschieben, ergibt überall lachende Gesichter. Wir tauschen die Ringe aus und grinsen uns dabei fröhlich an. Mit meinem Ring hat es so seine Bewandtnis. Ein paar Tage vor der Hochzeit, vorher fehlte die Zeit, hatten wir ein paar Juweliershops abgeklappert um uns Ringe zu kaufen. Dazu muss ich sagen, dass ich absolut keine Ringe trage. Ich weigere mich einfach und konstant so ein Ding auf meine Finger zu ziehen.

Meine Frau wollte aber nun einmal Ringe zur Hochzeit und wenn Frauen etwas wollen, artet das meistens in leisen Terror aus. Also marschiere ich, mit verdrehten Augen, in die Shops um beim Aussuchen der Ringe mitzuwirken. Die Verkäuferinnen haben bestimmt alle den Eindruck, dass meine Frau mich mit Androhung von Gewalt zur Eheschließung überredet hat. Valerie findet im dritten Laden dann endlich einen Ring, der ihr gefällt. Mir ist das egal, nach der Hochzeit verschwindet meiner mit Sicherheit in einer Schublade. Allerdings habe ich Glück, in keinem Laden findet sich ein Ring für meine Wurstfinger. Eine Anfertigung dauert, bei gutem Willen, zwei bis vier Wochen. Ich bezweifle, dass unsere Hochzeitsgäste so viel Zeit haben. Außerdem könnte ich mir für den Preis ein anderes Auto kaufen. Na gut, nur eins mit drei Rädern und kurz vor der letzten Ölung auf dem Schrottplatz, aber die spinnen, die Franzosen.
Also kein Ring für mich. Valerie gibt nicht auf. Zwei Tage später kommt sie mit einer kleinen Packung aus dem Baumarkt. Triumphierend grinsend zieht sie mir einen goldfarbenen Gardinenring auf den Finger. Das merkt doch keiner sagt sie und schüttet sich aus vor lachen.

Also trage ich nach der Trauung einen Ehering für einen Euro zwanzig oder was immer die Packung auch gekostet hat.

Die anschließende Hochzeitsfeier in der Domaine ist ein voller Erfolg.
Das Essen ist hervorragend, der Wein ist nicht oxydiert, der Sohn des Hauses musste wohl auch nicht probieren ob das dann wirklich so ist, das hat er dann wohl dem Kochgehilfen überlassen, der sicherlich friedlich schnarchend unter dem Herd seinen Rausch ausschläft. Wir fallen alle gut abgefüllt in unsere Betten und mein letzter Gedanke, vor dem einschlafen, ist >> es ist während der Feier in der Domaine aber auch gar nichts Aufregendes passiert, wie friedlich kann doch die Welt sein<<

Es brennt und wie viel Zeit man damit vernichten kann.

Wie schon erwähnt, besitzt Valerie ein paar kleine Wohnungen. Unter anderen eine Wohnung in Chambery, das ist im Nordosten Frankreichs, in der Nähe des Genfer Sees. Schon vor der Zeit zu der wir uns kennen lernten, plant sie diese Wohnung zu verkaufen. Das Haus indem sich die Wohnung befindet wird von einer Wohnungsgesellschaft verwaltet. Kostspielig, aber unumgänglich wenn man nicht vor Ort wohnt. Auf französisch heißen diese Verwalter Syndic, was irgendwie mit Syndica, also Gewerkschaft, zu tun hat und wie Gewerkschaftsfunktionäre verhalten sie sich auch. Valerie möchte diese Wohnung gerne verkaufen, es ist einfach zu weit entfernt von Cannes. Also beauftragt sie die Verwaltung mit dem Verkauf der Wohnung. Ein Käufer findet sich auch relativ schnell und es wird ein erster Notartermin anberaumt. Zwei Wochen vor dem Endtermin beim Notar bekommt Valerie einen Anruf von einem Mitarbeiter des Syndic.
Dazu muß man noch erklären, dass es vor längerer Zeit im Haus gegenüber dieser

Wohnung gebrannt hat, das Resthaus war monatelang nicht begehbar.

Der Mitarbeiter der Verwaltung beginnt das Gespräch mit einem fröhlichen
>>Hier hat es gebrannt.<<

>>Das weiß ich,>> sagt Valerie, >>aber was hat das mit mir zu tun?<<

>> Nein<< sagt der fröhliche Mensch >> Sie verstehen nicht, in dem Haus, in dem sie eine Wohnung haben, hat es gebrannt.<<

Nach einer Schweigeminute, die sich etwas hinzieht, kommt Valeries Frage
>> und was ist mit meiner Wohnung?<<

Der Verwalter, der noch immer so klingt als wenn Valerie gerade den Jackpot im Lotto gewonnen hätte, sagt >>Alle Wohnungen im Haus sind total zerstört, aber machen sie sich keine Sorgen, wir regeln das schon.<<

Zwei Monate später ist immer noch nichts geregelt, Anrufe verlaufen im Sande, niemand

weiß etwas und schon gar nicht wie es weiter geht.
Es wird lediglich festgestellt, dass sich die Ursache des Brandes im Erdgeschoß zugetragen hatte, dort gab es einmal eine kleine Boutique. Aber es heißt, die Versicherung des Besitzers der Boutique würde den Schaden bezahlen.

Im Laufe der Zeit kristallisiert sich dann heraus, dass die Hauptstromleitung die den Strom in die einzelnen Wohnungen transportiert komplett erneuert werden muß. Es soll ein Gutachten seitens der EDF, das ist der französische Energieversorger, erstellt werden um der Versicherung den Umfang des Schadens mitzuteilen. Bis sich so ein Gutachter auf den Weg macht, dauert seine Zeit. So richtig scheint auch nicht geklärt zu sein, ob die Leitung nun tatsächlich erneuert werden muss. Der Syndic schickt einen Ingenieur um das zu klären, der hat natürlich auch viel zu tun und so vergehen die Wochen in denen nichts passiert, weil die Versicherung natürlich nicht zahlen will, solange das Gutachten nicht vorliegt. Valerie fürchtet nun, dass der Verkauf der Wohnung nicht mehr vonstatten gehen wird und beschliesst, zusammen mit einer Leidensgenossin von der

Wohnung gegenüber, einen Rechtsanwalt damit zu beauftragen, Klage vor Gericht zu erheben. Aber gegen wen? Gegen den Syndic, der hier vor sich hin träumt, oder gegen die Versicherung, die sich weigert auch nur erstmal einen Abschlag zu zahlen. Oder gar gegen die EDF, die mit dem Gutachten nicht voran kommt. Wie sich heraus stellt, sind wohl die Hälfte der Anwälte in Chambery mit dem Fall beschäftigt. Es ist sehr schwer einen Anwalt aufzutreiben, der den Fall übernimmt. Valerie findet dann, nach endlosen Telefonaten, einen Anwalt, der frei von irgendwelchen Belastungen, den Fall übernehmen will.

Wir fahren also nach Chambery um uns mit der Leidensgenossin zu treffen und am nächsten Tag gemeinsam zum Anwalt zu marschieren. Die Kanzlei liegt im dritten Stock eines alten Hauses, es gibt keinen Fahrstuhl und wir warten zum vereinbarten Termin vor der Tür der Kanzlei im Treppenhaus. Irgendwann viel später schnauft dann ein unglaublich fetter Mensch die Stufen herauf, unser Anwalt. Oft scheint der nicht in seiner Kanzlei zu sein, denn wer jeden Tag diese Stufen erklimmt, verliert mal kräftig an Gewicht. Er lässt uns in sein Wartezimmer und macht

erstmal überall die Fenster auf. Dann beginnt er in Seelenruhe seinen Schreibtisch aufzuräumen. Das ist auch bitter nötig, da er sonst nicht über die überall verteilten Aktenstapel schauen könnte. Es ist unglaublich, ich habe noch nie so ein Durcheinander in einem Büro gesehen.
Aber wie heißt es doch
„Nur das Genie beherrscht das Chaos."

Ich warte darauf, dass er seine Butterbrote auspackt und erstmal kräftig frühstückt, aber nein, er beschäftigt sich jetzt mit unserem Anliegen. Nachdem er sich alles angehört hat, sagt er schnaufend
>> Das macht 380 Euro fürs Erste.<<
und streckt auch schon die Hand aus um den Scheck abzufordern.
Also das ist mir neu, ein Anwalt der noch nichts getan hat, fordert erstmal Geld. Na sauber!
Wir verlassen die Kanzlei mit dem Gefühl ziemlich verlassen zu sein. Ob der Kerl das bringt, was wir von ihm erwarten, wage ich zu bezweifeln. Dann hören wir erstmal wochenlang gar nichts, nichts vom Anwalt, nichts vom Syndic. Valeries Anrufe bringen den Fall auch nicht voran.

Dann plötzlich, wir haben schon innerlich aufgegeben, geht es voran. Die EDF hat den Bau freigegeben, die Versicherung zahlt und der Käufer von Valeries Wohnung ist glücklich, dass er diese nun endlich übernehmen kann.

Frankreichs Bürgermeister, das Leben und Treiben in der Mairie ist nicht immer einfach.

Das zweite Apartment, das Valerie verkaufen möchte, befindet sich in einem Nachbarort unseres Dorfes. Es handelt sich hier um ein wirklich schönes Zwei Zimmer Apartment im ersten Stock eines Hauses, das direkt neben der Dorfkirche liegt und von der Küche aus hat man einen uneingeschränkten Blick auf den Dorfplatz vor der Kirche. Das Haus ist schon ein paar hundert Jahre alt und die Wohnung ist mit einem offenen Kamin und geschwärzten Deckenbalken versehen. Auf der Rückseite der Wohnung befindet sich ein Balkon mit einem Blick, über die gegenüberliegenden Häuser, auf die Berge. Ein typisches süd-französisches Dorf wie es hier im Umkreis überall anzutreffen ist, mit einem für die Provence normalen, jährlichen Preisanstieg für Wohnungen und Häuser, der in Deutschland zu wilden Spekulationen treiben würde. Wenn man das Küchenfenster öffnet, befindet man sich direkt im Mittelpunkt der kleinen Feste, die hier auf dem Dorfplatz abgehalten werden und am Wochenende ist man unfreiwilliger Gast bei den in der Kirche stattfindenden Hochzeiten. Am

Sonntag Morgen reißt einem das Gebimmel der Kirche aus der Nachtruhe, weil hier die Frühmesse schon zeitig beginnt. Der Pfarrer steht im vollen Ornat vor der Kirchentür und begrüßt seine Schäfchen, die ihre beste Kleidung mal wieder aus dem Schrank, zum Auslüften, geholt hat. Großes Palaver vor und nach der Messe, man hat sich eine Woche nicht gesehen und der neueste Dorfklatsch muss ausgetauscht werden. Wer braucht schon eine Zeitung, wenn man Sonntags sowieso zur Messe erscheinen muss.

Nun hat man in diesem Dorf irgendwann einmal einen Bürgermeister gewählt, der sich, wie so mancher unseliger Mitmensch, ein Denkmal setzen will. Das ist heutzutage natürlich nicht mehr so einfach. Man erscheint ja nicht mehr mit einer Armee bewaffneter Bauern vor dem Nachbardorf und fordert zur Übergabe des Dorfschatzes, sowie der Jungfrauen des Ortes auf. Das mit den Jungfrauen ist allerdings sowieso nicht so einfach und wird im Allgemeinen auch immer überbewertet, die zwei noch übrig gebliebenen wollen ihre Unschuld ja auch meistens, im sehr fortgeschrittenen Alter, mit ins Grab nehmen. Diese Aktion des Überfalls führt dann unweigerlich zu einer Statue auf dem

Dorplatz mit Namen und Todestag des wagemutigen Anführers. Europas Marktplätze sind vollgemüllt mit diesen Denkmälern unter denen sich die Touristen photografieren lassen. Also, was fällt den meisten dieser Dorfführer neuerdings ein, sie verschandeln die wunderschöne Landschaft mit Bauten, die so hässlich sind, das es einem den Magen herum dreht.
An diesen Bau kommt dann eine große Plakette, auf der steht
„Dieses architektonische Meisterwerk wurde unter der Schirmherrschaft unseres verehrten Herrn Bürgermeister, Jean Paul Mustermann, im Jahre des Herrn 2012, errichtet."

Das muss irgendwo im Handbuch für Bürgermeister stehen, denn auch dieser Dorfschulte in dem Dorf in dem Valerie ihre Wohnung verkaufen möchte, kommt auf den glorreichen Gedanken. An Stelle einer Tiefgarage, da sieht man ja die Plakette nicht, weil französische Tiefgaragen meistens sehr dunkel sind, möchte er ein mehrstöckiges Haus für sozialschwache Mitbürger bauen. Außerdem fährt sowieso niemand in eine Tiefgarage, es sei denn er ist Tourist und das erste Mal in

Frankreich, Auf den meisten dieser Garagenplätze, kann man mit viel rangieren, höchstens ein Auto in der Größe eines Kinderwagen parken.

Das er sich für dieses Vorhaben die Altstadt aussucht und dort ein altes Haus abreißen lassen will, stößt auf heftigen Widerstand der Bevölkerung. Man droht mit Klage. Wie wir inzwischen gelernt haben, ist die französische Gerichtsbarkeit nun einmal nicht die schnellste. Der Bürgermeister erkennt, dass es durchaus möglich ist, dass er ohne Plakette und ohne Denkmal zu Grabe getragen wird. Also kündigt er an, dass er mit dem Bau schon mal anfangen will, weil die Preise ja sowieso jedes Jahr steigen und die sozial schwache Bevölkerung nun endlich eine vernünftige Bleibe erwarten könnte.

Ob er damit durch kommt, wagen wir zu bezweifeln. Dummerweise befindet sich dieses Abrisshaus aber im Blickfeld des Balkons von Valeries Wohnung. Und ein Neubau würde den Blick auf die Berge verstellen.

Also muss schnellstmöglich ein Käufer für das Apartment her, dem dieser Umstand egal ist.

Nach längerem Suchen finden wir dann auch ein Pärchen, das bereit ist die Wohnung für einen angemessenen Preis zu kaufen. Er, ein ziemlich wilder Typ so um die Anfang Zwanzig, gesegnet mit einer Dame eher mittleren Alters mit leichten Gebrauchsspuren, die sich beide irgendwo in den Untiefen des Partnerschaftsmarktes im Internet gefunden haben. Beide sind hellauf begeistert von der Wohnung, dem Umfeld und dem Dorf. Der Umstand des Neubaus vor dem Balkon stört sie nicht weiter, man kennt sich erst kurz, da ist das Schlafzimmer eben noch wichtiger wie der Ausblick vom Balkon.

Es wird also ein erster Notartermin anberaumt, in dem wir uns eine andere Notarin suchen als die, die uns unser Haus beurkundet hat, obwohl ich ihre Assistentin gerne wieder gesehen hätte. Schließlich bekommen wir diesmal Geld, da ist eine kleine Showeinlage doch durchaus berechtigt. Das Paar präsentiert einen Scheck über die Anzahlung und wir richten uns auf die dreimonatige Wartezeit ein.

Kurz danach bekommen wir einen Anruf von dem jungen Mann, der fragt ob er schon mal einen Schlüssel für die Wohnung haben könnte, er würde doch gerne mit dem Vermessen der Räume beginnen und dementsprechend Möbel kaufen. Nun gut, dagegen ist nichts einzuwenden, wir nutzen die Wohnung sowieso kaum noch und die paar Möbel, die sich im

Inneren befinden, sind nicht stehlenswert. Nach einem Monat ruft die Maklerin an. Es hat sich heraus gestellt, dass der junge Mann seine Arbeit verloren hat und auch nicht über das Geld verfügt um den Restbetrag zu begleichen. Bei den Banken, denen er die Tür einrennt um einen Kredit zu beantragen, stößt er auf Unverständnis. Wie die beiden sich vorher die Finanzierung vorgestellt haben, können wir beim besten Willen nicht erkennen. Wir vereinbaren ein Treffen bei der Maklerin. Es stellt sich heraus, dass der weibliche Teil des Paares noch verheiratet ist und auf die Scheidung und auf die damit verbundene Auszahlung ihres Vermögensteils wartet. Ich denke mir, dass sie doch gar nicht so schlecht aussieht, dass ihr Ehemann sie mit einer Abfindung los werden will. Aber dieser Gedanke ist bestimmt auf mein schlichtes Gemüt zurück zu führen. Wahrscheinlich stimmt irgendwas mit ihren inneren Werten nicht, so dass sich der Ehemann dann schlussendlich umorientiert hatte. Möglicherweise ist sie aber auch eines der vorher beschriebenen Schnuckelchen, die dem muskulösen Körper des Nachbarn erlegen ist, weil sich der Ehemann nicht von seiner Arbeit trennen kann.

Wir erklären den beiden, dass wir nur weiter machen würden, wenn der Ehemann der Partnerin eine Bürgschaft über die Restkaufsumme einbringen würde. Ich weiß nicht wie sie es schafft den Nochehemann dazu zu überreden, aber kurz darauf ruft uns die Maklerin an, dass sie eine bestätigte Bürgschaft in den Händen halte. Wahrscheinlich hat sich die Ehefrau dazu bereit erklärt, ihrem Expartner die Hemden bis zu seinem Ableben zu bügeln, oder so etwas in der Art. Auf Grund dieser Bürgschaft erklärt sich dann eine Bank bereit einen Kredit zu gewährleisten. Das hätte man wahrscheinlich Nerven schonender im Vorfeld des Kaufes erledigen können. Aber alles auf der Welt braucht seine Würze.

Vier Wochen vor dem endgültigen Übergabetermin beim Notar fahren wir noch einmal zur Wohnung. Beim Betreten des Apartments trifft uns der Schlag.

Die Käufer haben tatsächlich schon die alte Küche abgerissen, die Tapeten von den Wänden gelöst und alles mit Möbeln voll gestellt. Wir wissen noch nicht einmal ob die Restsumme gezahlt wird und hier sieht es aus wie auf einem Trümmerfeld.

Beim Telefonanruf sagt der junge Mann, dass er nie daran gezweifelt hätte, dass der Kauf in irgendeiner Weise nicht vonstatten gehen würde. Spätestens jetzt frage ich mich, wer hier das schlichte Gemüt hat.

Unser Bürgermeister- oder was passiert, wenn man sich mit den falschen Leuten anlegt.

Der Bürgermeister unseres Dorfes heißt mit Vornamen Max. Da ich mir seinen Nachnamen nicht merken kann und wir des Öfteren aufeinander treffen, nenne ich ihn beim Vornamen. Das scheint ihn nicht großartig zu stören, die meisten hier im Dorf nennen sich sowieso beim Vornamen, weil spätestens beim Aperitif alle Verhaltensregeln den Bach herunter gehen. An die französische Art, dass sich auch Männer rechts-links Wangenküsse geben, muss ich mich erst gewöhnen. Das mit den Damen klappt bei mir schon recht gut, auf jeder Veranstaltung kann man sich nach Herzenslust austoben. Alles was einigermaßen weiblich aussieht wird geküsst, auch wenn man die entsprechende Dame noch nicht kennt.
Max ist ein netter, sympathischer Mensch mit einer Stimme, die eigentlich immer ein Mikrofon und einen Verstärker braucht. Da Bürgermeister so etwas sowieso meistens in ihrer Nähe haben, fällt das nicht großartig ins Gewicht. Die meisten von uns finden, dass er einen sehr guten Job macht und im Hintergrund gibt es ja noch meinen Nachbarn Jean, der immer bereit ist bei

allem Möglichen einzuspringen. Falls einer von beiden nicht im Ort ist, erledigt eben der andere für ihn die Arbeit.

Am Ortsrand befindet sich ein großes freies Feld, auf dem an Sonntagen ein Flohmarkt abgehalten wird. Private und gewerbliche Aussteller verkaufen hier alles das was kein Mensch braucht, aber viele Leute haben wollen, um damit ihre Domizile voll zu stellen. Valerie ist ein bekennender Flohmarkt Junkie. So leicht kommt sie an keinem vorbei. Freitags wird schon das Internet abgegrast, um heraus zu finden, wo sich in der Nähe ein Markt aufbaut. Ein ständiger Markt Sonntags nah vor der Haustür, das findet sie toll.

Leider nutzen wohl einige Zeitgenossen den Markt um hier Rauschgift an die Verbraucher zu bringen.

Marseille ist nah, der Nachschub ist gewährleistet und das Geschäft ist auf jeden Fall lukrativ. Mehrmals erscheint die Polizei auf dem Markt, findet aber nichts Konkretes. Jeder weiß zwar, dass hier gedealt wird, aber es lässt sich nichts beweisen.

Irgendwann hat dann unser Bürgermeister die Nase voll. Er verwarnt den Typen, der hier den Flohmarkt organisiert. Falls das mit dem

Rauschgift nicht aufhört, will er das Gelände für den Markt schliessen. Der Veranstalter beteuert seine Unschuld und die Unschuld sämtlicher Aussteller.
Sie alle wären gute Menschen, die nichts anderes im Sinn hätten als die Heime der Menschen zu verschönern.
Rauschgift hier, aber mal überhaupt nicht und was denn dem Bürgermeister einfiele hier zu drohen. Er sollte mal aufpassen, dass er sich damit nicht übernehme. Ein paar Wochen später macht Max seine Drohung wahr. Er schließt den Markt.
Nun sind Rauschgiftdealer keine friedfertigen Menschen, jemand der wie ich amerikanische Krimis im Fernsehen guckt, weiß das. Bis Max hatte sich das aber noch nicht herum gesprochen, sonst hätte er sich die Schliessung des Flohmarktes sicherlich noch einmal durch den Kopf gehen lassen.
Oder er hätte sich schon mal in Marseille ein paar Bodygards besorgt und die, mit Maschinenpistolen bewaffnet, vor seiner Haustür postiert. Kann man alles in diesen einschlägigen Filmen sehen und die Portokasse der Mairie hätte man auch damit belasten können, schließlich

brauchen wir unseren Bürgermeister noch für die Eröffnung unserer Feste.

Es ist ja auch sehr eindrucksvoll, wenn im Dorf am Morgen eine schwarze Limousine hält, zwei, bis an die Zähne bewaffnete, kleiderschrankmäßige Typen aus dem Auto springen, die Strasse absichern und dann auf ein Zeichen begibt sich der Bürgermeister aus dem Fahrzeug in sein Büro. Aber leider ist Max für so einen Spinnkram nicht zu haben.

Alles fängt mehr oder minder harmlos an. Das Facebookkonto von Max wird mit Beleidigungen vollgemüllt. Gut, kann man sagen, was braucht ein erwachsener Mensch einen Facebook Account, es sei denn, er ist Schauspieler oder Boris Becker. Ich hatte auch mal so einen Eintrag um junge Damen auf mich aufmerksam zu machen. Die einzige junge Dame die das gut fand, war die sechzehnjährige Tochter meiner Freunde. Sie und ihre Freundinnen mussten alles, aber auch wirklich alles, in Facebook veröffentlichen. Das Ende vom Lied war, dass mich meine Freunde nach dem Liebesleben ihrer Tochter befragten, die Freunde hatten nämlich keinen Facebook Account. Sintflutartige Nachrichten brachen über mich herein, wenn ich meinen Computer anschmiss, gewürzt mit Bildern, die Teenager in Ekstase versetzen. Bilder von Köpfen junger Mädchen mit neuen Frisuren, aufgenommen aus dreiundzwanzig verschiedenen Blickwinkeln. Alles war in einer merkwürdigen Sprache abgehalten, mit Abkürzungen versehen, die nicht einmal die NSA nachvollziehen konnte. Facebookkinder leben auf einem anderen Planeten, ihre Regierung ist das Chaos.

Irgendwann gab ich entnervt auf und meldete meinen Account ab. Seitdem spricht mein Computer nicht mehr mit mir. Das, beim einschalten, fröhliche >>Guten Morgen, du hast eine neue Nachricht auf Facebook!<< entfällt.

Ich verbringe meine Zeit wieder mit sinnvollen Dingen, werde allerdings auch nicht mehr zu Facebookparties eingeladen, auf denen zweitausend Jugendliche den Rasen meiner gerade verreisten Nachbarn niedertrampeln.

Max, der seinen Facebook Account nicht abmeldet, weil er meint, dass er ein öffentlicher Mensch ist, leidet unter den ziemlich gemeinen Nachrichten.

Eines Nachts wird sein Auto mit einer ätzenden Flüssigkeit übergossen, überall tauchen Parolen auf, die ihn als Kommunistenschwein titulieren. Spätestens jetzt frage ich mich, was Kommunismus mit Rauschgift zu tun hat, war Lenin etwa ständig bekifft? Das würde allerdings einiges an Merkwürdigkeiten klarstellen und dürfte auch die Erklärung sein, warum soviel Parteifunktionäre in Russland nach dem Zusammenbruch der Sowjetunion als Mafiagrößen im Rauschgiftgeschäft wieder an die Oberfläche gekommen sind.

Max ist zwar Hobbymusiker und spielt in einem Orchester, aber die können doch auch nicht mit den Parolen etwa Komponistenschwein gemeint haben und nicht gewusst haben, wie man das schreibt. Obwohl, wer sich mit Rauschmitteln volldröhnt, gibt meistens auch sein Gehirn an der Garderobe ab. Bewusstseinserweiterung durch Rauschmittel führt bei diesen Menschen dazu, dass sie leere Windungen in ihrem Gehirn entdecken, die sie mit allerlei Unsinn auffüllen. Schlimmstenfalls werden sie kriminell und das ist gut fürs Bruttosozialprodukt, denn davon leben Armeen von Richtern, Staatsanwälten, Polizisten und Knastaufsehern und die zahlen alle Steuern. Die Psychologen und Sozialarbeiter sind hier noch gar nicht genannt, die dafür sorgen, dass die armen Sünder ganz schnell wieder auf die Menschheit losgelassen werden. Ein ewiger Kreislauf, der uns Zeitungslesern, die wir jeden Morgen, und bei jedem Wetter zum Kiosk laufen um an die neuesten Nachrichten zu kommen, jede Menge Stoff für Diskussionen und Kommentare gibt. Ein Bekannter macht in einem Gespräch die Bemerkung >>Alle an die Wand und abschiessen.<< Wahrscheinlich ist er auch gerade bekifft, was machen wir dann mit den oben genannten Armeen von arbeitswütigen Juristen? Nimmt jeder von uns einen davon mit nach Hause und füttert ihn durch?

Dann kommt mit großen Schritten das Silvesterfest auf uns zu. Wir feiern bei unseren Nachbarn in gemütlicher Runde. Irgendwann hören wir dann jede Menge Sirenen der Feuerwehr. Wahrscheinlich wieder jemand der irgendetwas mit Feuer-werkskörpern in Brand gesteckt hat. Das ist ja ein beliebter Spaß zu Silvester. Vollgepumpt mit Alkohol werfen diese Menschen dann Böller in umstehende Mülltonnen, schießen mit Raketen auf die Fensterscheiben und Dächer der Nachbarhäuser, oder zünden selbstgebaute Bomben mit denen man den dritten Weltkrieg gestalten könnte. Gut, die eine oder andere Hand geht dabei drauf und wird abgerissen, oder man zieht sich Brandblasen, in der Größe von einem Quadratmeter, zu. Aber das sind doch nur alles Kollateralschäden. Hauptsache ist doch, dass man seinen Spass hatte und es ordentlich knallt. Ich kann mich erinnern, dass ich als hirnloser und bösartiger Jugendlicher, wir wohnten in einem Mietshaus, Knallkörper in die Haustürschlösser unserer Nachbarn gesteckt habe. Danach bin ich weg gerannt und habe mir das Ergebnis aus gehörigem Abstand angesehen. Ich muss zugeben, in einem Treppenhaus mit vier Stockwerken knallt das ganz ordentlich. Das kann auch der schönste Musikantenstadl im Fernsehen, damals noch in Schwarz-Weiss, nicht übertönen. Paare, die den Jahresübergang gerne mit Geschlechtsverkehr feiern- soll es geben- leiden dann noch über Jahre hinaus an dem Trauma. Neben oder aufeinander zu liegen und auf den Knall warten, zerstört jedes Lustgefühl.

Die schönste Geschichte, an die ich mich erinnern kann, dabei war, als Nachbarn just in diesem Moment eine Schaumweinflasche öffneten und sich über und über vor Schreck mit dem Zeug bespritzten. Nun ist Schaumwein, zugegebenermaßen, kein Champagner. Kostet nicht soviel und das Gefühl als Sieger beim Formel 1 Rennen auf dem Podest zu stehen, stellt sich auch nicht ein. Klebt aber genauso wie teurer Champagner. Ich glaube nicht, dass die Nachbarn das neue Jahr mit einem Gang unter die Dusche und dem Füllen einer Waschmaschine anfangen wollten.

Jedenfalls war ich, als das dann die Runde machte, Erwachsene müssen ja vor Schadenfreude alles breit treten, der Held der Straße. Natürlich nur bei meinen Kumpeln, die Betroffenen hätten mich in ihrem Vollrausch wahrscheinlich kräftig verprügelt, wenn sie mich erwischt hätten.

Aber zurück zu Max, der an diesem besagten Silvester mit seiner Frau bei Freunden im Ausland feierte. Am Neujahrsmorgen kommt Jean ganz aufgelöst zu uns und erzählt, dass man am Vorabend das Haus von Max in Brand gesteckt hatte. Das Haus ist komplett herunter gebrannt, die Einrichtung vernichtet und beide Autos in der Garage sehen auch so aus, als könnte man sie nie wieder benutzen. In dürftigen Worten- Totalschaden. Das Ehepaar steht vor dem Nichts. Alle Erinnerungsstücke, die man in seinem Leben so anhäuft, sind verbrannt. Man fängt wieder bei Null an.

Am Abend sehen wir dann im Fernsehen, wie Max, der aus dem benachbarten Ausland zurück geeilt war, fassungslos vor der Kamera steht. Von dem Haus stehen nur noch die Grundmauern. Irgendjemand stellt die Aufnahmen in Youtube, damit auch die Gangster, die das Haus angezündet hatten, sich das Ergebnis anschauen konnten.

Die Staatsanwaltschaft, die hier ermittelt, stellt eindeutig fest, dass es sich um Brandstiftung handelt. Die Vermutung liegt nahe, das die Rauschgiftdealer hier ihre Rachegefühle ausgelebt haben. Unser Bürgermeister muss nun erst einmal irgendwo unterkommen. Nach ein paar Tagen bei Freunden mietet er für sich und seine Frau eine kleine Wohnung an. Zur Überbrückung bis die Versicherung gezahlt hat. Das kann ja durchaus einige Monate dauern, wie wir ja unlängst erfahren durften. Nun stellte sich aber das Problem mit den Möbeln ein. Ohne Möbel zu wohnen ist wohl in erster Linie mal etwas für Eremiten, die sich in eine Höhle zurück gezogen haben oder von Mönchen im Kloster, denen eine Holzpritsche als Schlafplatz schon wie Luxus in einem Fünf Sterne Hotel vorkommt. Vom Fußboden zu essen ist ja jeder gewohnt, der schon einmal bei einer arabischen Familie zu Gast war, aber spätestens bei der Nachspeise stellen sich dann doch Wadenkrämpfe ein, weil man seine Beine unter den Körper klemmt. Die Füße genüsslich von sich zu strecken, so dass sie in der Reispfanne enden, entwickelt zwar ein wohliges warmes Gefühl, aber selbst der geduldigste Gastgeber findet das irgendwie nicht so toll.

Einige Monate später steht dann die Wahl des Bürgermeisters wieder an. Das passiert in Frankreich alle fünf Jahre. Max erklärt, dass er sich nicht wieder zur Wahl stellt. Darauf hin erklärt uns Jean, dass er auch nicht weiter machen will, er hat keine Lust mehr sich ohne seinen Freund Max mit den Belangen des Ortes zu beschäftigen. Er möchte sein Rentnerdasein pflegen, Blumen giessen und seinen Hobbies nachgehen. Wir können uns das zwar erstmal nicht vorstellen, Jean ohne den täglichen Druck sich für die Mairie aufzuarbeiten, aber gut, er wird schon wissen was er tut.
Am Tag der Wahl gewinnt die Opposition, die mit einer Frau als Kandidatin für das Bürgermeisteramt antritt. Das ist ja im Grunde

etwas positives, man nennt so was Demokratie, jeder hat die Chance mal die Geschicke eines Ortes zu gestalten, sei es ein Dorf oder die Bundesrepublik Deutschland.

Für solche Gelegenheiten haben Politiker einen eingebauten Schalter, sie schalten um und machen das fröhlich weiter, was sie als Opposition an der Regierungspartei immer bemängelt haben.

Unsere gute Frau Bürgermeister findet irgendwie ihren Schalter nicht, sie handelt als wäre sie immer noch in der Opposition, wo man seinem Gegner die übelsten Dinge vorhalten kann, ohne das es weitreichende Konsequenzen hätte. Es hat ja sowieso niemand Lust das nachzuprüfen und die Nachrichten von Gestern sind der Müll von heute.

In den Talkshows kann man immer sagen >> Aber lieber Kollege von der Regierungspartei, das ist ja völlig aus dem Kontext gerissen.<< Die Zeitungen und das Fernsehen haben wieder etwas, über das sie berichten können, ein Teil der Bevölkerung tut ihre Abscheu kund und am nächsten Tag gibt es ja wieder andere Nachrichten, mit denen man sich beschäftigen muss.

Also Frau Bürgermeister verkündet öffentlich, das der vorherige Bürgermeister mit den eingefahrenen Steuern des Ortes herum gespielt hätte. Die Buchhaltung sei nicht in Ordnung und ausserdem hätte die Mairie wohl bei der Finanzierung seines neuen Hauses kräftig mit geholfen.

Irgendjemand schaltet die Zeitung des Departments ein, die einen umfassenden Bericht veröffentlicht.

Max und seine Mannschaft bringen das Argument zum Tragen, das die Buchhaltung jeder Mairie einmal im Jahr durch die Finanzabteilung der Prefecture umfassend geprüft wird. Die gute Dame gibt nicht auf, beisst sich immer tiefer in diese Behauptung hinein. Was dann unweigerlich zur Folge hat, so wird jedenfalls berichtet, dass die Prefecture Anzeige wegen Verleumdung bei der Staatsanwaltschaft einreicht. In dürftigen Worten, der Prefect is not amused.

Anfang des Jahres stellt sich wieder die Frage nach dem Pferdefest, des Correto. Jean erscheint mit der Nachricht, dass sich die Mairie weigert, sich an der Finanzierung und der Ausrichtung des Festes zu beteiligen Also wird beschlossen, dass ein Verein gegründet wird, der dann das Fest über Sponsorengelder finanziert. Außerdem soll eine Tombola ein wenig Geld einbringen. Wir versammeln uns eines Abends in einem Saal, Jean verliest die ausgearbeiteten Statuten des Vereins und jeder greift in seine Tasche um die vereinbarten 5 Euro Mitgliedsbeitrag zu entrichten. Nun bin ich jemand der fast nie mit Bargeld in der Tasche herum läuft. Kreditkarten sind ja hier gängiges Zahlungsmittel und niemand zuckt zusammen, wenn man im Cafe dann 2 Tassen Kaffee mit der Karte bezahlt. Nur hier im Verein geht das nicht. Nur Bares zählt. Ich verlasse mich also auf meine Frau, die mir dann aber erzählt, dass sie noch nicht am Bankautomaten war und nur ein wenig Kleingeld in der Tasche hätte. Sie bringt es dann tatsächlich auf den Betrag von 9,80 Euro. Einer unserer Bekannten springt ein und gibt uns die restlichen 20 Cents. Ich verspreche es ihm beim nächsten Treffen mit Zinsen zurück zu zahlen. Er grinst und bemerkt, dass ein Glas Pastis auch reichen würde. Wo wären wir ohne generöse Freunde.

Jean steigt in die Vorbereitungen ein und wir geniessen einen netten Abend mit einer Tombola in der Dorfhalle, die ein wenig Geld in die noch leere Kasse bringt.

Dann kommt es zur Katastrophe, die Bürgermeisterin verbietet die Nutzung des Sportplatzes für das Fest. Bereits eingegangene Sponsorengelder müssen zurück gezahlt werden, Druckaufträge werden storniert. Die ganze Vorbereitung war für die Katz.
Scheinbar ist es ihr auch egal, dass wir in den letzten beiden Jahren eine Attraktion für jedes Mal rund 2000 Zuschauer geboten hatten. Die Außendarstellung des Dorfes ist ihr scheinbar völlig wurscht. Und dabei betreiben wir im Dorf neben der Mairie noch ein Touristenbüro. Ich frage mich wofür, wenn werbefähige Veranstaltungen nicht mehr abgehalten werden dürfen.

Der nächste Faux Pas steht schon bald in der Tür. Es gibt eine Elterninitiative, die einige Klassen in der Schule verkleinern möchten, da diese aus den Nähten platzen. 40 Kinder in einer Klasse dürften wohl ein wenig zu viel sein. Räume sind vorhanden, ein bisschen guten Willen und schon würde es funktionieren. Außerdem gäbe es wohl eine oder mehr weitere Arbeitsstellen für Lehrer. Unter Führung der Bürgermeisterin lehnt die Gemeindeversammlung die Verkleinerung der Klassen ab.

Das wiederum entfacht nun den Zorn der betroffenen Eltern. Unser Dorf erlebt die erste Demonstration in seiner langen Geschichte. Wütende Eltern laufen, mit Plakaten bewaffnet, vor der Mairie auf. Die Zeitung hat mal wieder etwas zu berichten und die Dame des Hauses verkriecht sich wahrscheinlich unter ihrem Schreibtisch.

Ich bin gespannt darauf, was sie sich wohl als nächstes ausdenken wird. Über eines bin ich mir allerdings völlig im Klaren. Der guten Frau wird man kein Denkmal auf irgendeinem Platz im Dorf errichten.

Eine Herzoperation in einem Krankenhaus in Frankreich- nun, warum nicht.

Ich erinnere mich, Weihnachten 1985 merkte ich es das erste Mal. Meine Ex-Ehegattin, ein Geschäftspartner mit seiner Frau und ich feierten ein erfolgreiches Geschäftsjahr und weil es rundherum ziemlich kalt war, beschlossen wir uns eine Woche Luxus in Istanbul zu gönnen.
Auf der Fähre zwischen Europa und Asien bekam ich Herzrasen und Angstzustände, so daß wir mit dem Taxi über die Bosporusbrücke wieder zurück ins Hotel fuhren. Die ganze Geschichte beruhigte sich am nächsten Tag und wir feierten weiter als ob nichts geschehen war. Nach unserer Rückkehr nach München suchte ich einen Internisten auf. Nach gründlicher Untersuchung, in der er nichts fand, meinte er ich sei kerngesund und das wäre nur ein Stressfaktor gewesen. Nun werde ich hier niemanden mit einer langen Krankheitsgeschichte langweilen. Wenn man unbedingt Unterhaltung in dieser Richtung benötigt, setzt man sich einfach in ein beliebiges Wartezimmer einer Allgemeinarztpraxis und hört den Leuten ringsherum zu. Neben Erfahrungen in

Krankheiten werden hier auch Dinge wie Kochrezepte, Kindererziehungsmethoden sowie Kritik am TV Programm von gestern ausgetauscht.

Jedenfalls war es über die Jahre ein ständiges auf und ab und ich kann mich an Momente erinnern, in denen ich im Treppenhaus eines Unternehmens, auf den Stufen sitzend, eine Verkaufsverhandlung führte, weil ich einfach nicht in der Lage war die Treppe hochzugehen. Irgendwann fand dann auch ein Kardiologe heraus, dass ich ein zu großes Herz hätte. Nun dafür hätte es keinen Kardiologen gebraucht, man hätte einfach nur meine zahlreichen Damenbekanntschaften fragen müssen. Das Resultat war, dass durch die Übergröße eine der Herzklappen nicht komplett schloss und sich dadurch eine Rhythmusstörung ergab, die Folge ist dann ein Schwächezustand. Ein Arzt kann das sicher alles besser erklären aber das ist auch nicht wichtig für die Geschichte.

Nach 28 Jahren Tablettenkonsum entschliesse ich mich, dem nun ein Ende zu bereiten. Ich mache einen Termin mit meinem Kardiologen hier in Frankreich und der ruft in der Klinik an, in der sein persönlicher Freund als Chefarzt der zuständigen Abteilung tätig ist. Wir fahren also nach Marseille und ich stelle mich vor. Der Arzt, ein kleiner Mensch und mit einem Ego ausgestattet das mindesten doppelt so groß ist wie seine Körpergröße, erklärt meiner Frau und mir die Behandlungsmethode. Wir vereinbaren einen Operationstermin für Ende November.

In der Vorbereitung auf den Operationstermin fahren wir vorher noch einmal nach Marseille um die Anästhesie zu besprechen. Die Anästhesistin ist eine junge, sympathische Ärztin aus Rumänien. Ein blonder Engel, ihr Französisch hat einen niedlichen Akzent. Ich frage sie, ob sie denn wohl die Erste wäre die ich sehe, wenn ich aus der Narkose wieder aufwachen würde. Sie meint, dass wäre wohl anzunehmen. Ich lächle sie an und sage >> Das will ich nicht.<< Sie wird etwas blass um die Nase und fragt mich warum. >> Sehen Sie<< sage ich >>wenn ich Sie als erste sehe, denke ich, ich bin im Himmel angekommen und den Aufenthalt dort würde ich gerne noch etwas verschieben<<. Wir lachen beide und ihr gelingt es, ihre sowieso schon vorhandene

Freundlichkeit noch um einige Grad nach oben zu drehen.

Ende November ist es dann soweit, die Schlachtbank ruft.
So gegen 12 Uhr mittags wollen wir, per Bahn, nach Marseille fahren um mich einzuchecken. Um 10 Uhr vormittags ruft eine unfreundliche Mitarbeiterin des Krankenhauses an und erklärt uns, dass der Chefarzt einen Notfalltermin hätte und wir sollten uns entscheiden den Termin auf Januar zu verschieben oder die Operation von einem Mitglied seines Teams durchführen zu lassen. Später stellte sich dieser Notfall dann als Vortragsreise nach Tunesien heraus. Nun ist ein Vortragstermin sowohl für das Prestige eines Arzte sowie für sein Bankkonto enorm wichtig, da kann man ruhig auch mal einen anberaumten Operationstermin verschieben. Jeder Patient hat dafür Verständnis, wir alle müssen Geld verdienen. Ich entscheide mich für den Teamarzt, denn wenn man schon geschlachtet wird, sollte man das nicht unbedingt aufschieben.
Auf der Fahrt zum Bahnhof ruft dann der Chefarzt an, sein Ego ist angekratzt, ich nehme lieber einen seiner Kollegen in Kauf als auf den Gott des Skalpells zu warten. Das macht man

auch nicht, man richtet seine Termine nach der Zeit des Arztes und eigene Entscheidungen sind nicht unbedingt gefragt.
Ich erkläre ihm, dass ich mich nun einige Wochen auf diesen Termin vorbereitet habe und wenn sein Kollege fähig ist diese Operation durchzuführen, ohne dass ich um mein Leben fürchten muss, möchte ich es hinter mich bringen und nicht bis Januar warten, wer weiß denn, was da noch alles dazwischen kommen kann. Möglicherweise sterbe ich darüber hinweg und das wäre dann ein finanzieller Verlust für die Klinik. Ich möchte eben auch nicht daran Schuld sein, dass die Mitarbeiter ihr Weihnachtsgeld nicht, oder nur teilweise, bekommen. Ich hoere seine Zaehne knirschen, aber er stimmt zu.

Wir sind in Marseille etwas früh dann und laufen durch die Straßen mit den vielen Geschäften die hier wohl in erster Linie mal Schuhe verkaufen, wie mir auffällt.
Frauen werden von Schuhgeschäften magisch angezogen, sie müssen dort auch sofort hinein, um das Angebot zu checken. Die meisten Frauen müssen, nebenbei bemerkt, auch in alle Schuhgeschäfte in der Stadt hinein, es könnte ja jemand Schuhe anbieten, die es woanders nicht

gibt. Das ist so als wenn ein Mann am Tag 5 verschiedene Mercedesniederlassungen besucht und sich in allen in das gleiche Auto setzt. Frauen sind da auch gnadenlos, wir liegen schon fast im Sterben und sie müssen ihren 35 Paar Schuhen noch ein weiteres Paar hinzufügen. Jedenfalls überlege ich mir, ob es nicht sinnvoll sei, im Falle des Überlebens ein Schuhgeschäft zu eröffnen, man wird zwar nicht unbedingt reich damit, aber zumindestens hat man am Tag eine Vielfalt von gut aussehenden Damen um sich herum, die mit selig angehauchtem Blick durch die Regale streifen. Die Mädel mit Schweißfüßen schließe ich bei meinen Betrachtungen aus.

Also machen wir uns, mit einer Schuhtüte bewaffnet auf den Weg ins Hospital und suchen die entsprechende Abteilung auf. Obwohl das hier in der Abteilung alles nur 2 Bett Zimmer sind, habe ich ein Einzelzimmer gebucht. Ich mag nicht mit kranken Menschen das Zimmer teilen. Meine Mutter hat mir schon früh genug gesagt >> halte dich von kranken Menschen fern, dann kannst du dich auch nicht anstecken<<. Das kostet uns genauso viel wie ein Hotelzimmer für meine Frau, die unbedingt in meiner Nähe bleiben will.

Im Zimmer trifft uns erstmal der Schlag. Unter dem Fenster bullert ein gusseiserner Heizkörper vor sich hin. Gefühlt herrscht hier drin eine Temperatur von 30 Grad. Irgendein Klinikchef hat irgendwann einmal bestimmt, dass rund rum an den Wänden, in waagerechter Form, Stoßbretter angeschraubt werden, um zu verhindern, dass Rollstühle seine frisch gemalten Wände ruinieren. So auch direkt vor die Heizung. Französische Handwerker gehen immer den pragmatischsten Weg. Um die Spätfolgen kann sich dann jemand anderer kümmern. Der Kollege will ja auch Geld verdienen. Um den Raum nicht zu verkleinern hat er das Brett nun direkt vor die Heizung geschraubt. Dabei ist aber leider der Kopf des Thermostaten im Weg. Die am wenigsten vom logischen Denken beeinflusste Lösung ist es nun, dass man den Thermostatkopf abschraubt. Das hat leider zur Folge, dass man hier nichts mehr regeln kann und somit macht der Heizkörper das wofür er da ist, er heizt mit Volldampf. Die darauf angesprochene Krankenschwester sagt >> ich bin schon 25 Jahre hier, hier ändert sich nichts, die Heizung war schon immer so.<< Das führt natürlich zum Ergebnis, dass man das Fenster sperrangelweit aufreist und die Umgebung des

Gebäudes mitheizt. Im Umkreis des Krankenhauses bricht dadurch der Frühling 3 Wochen früher aus, es ist ja schon schön warm.
Als nächstes erscheint eine Schwester die mit mir meinen Tablettenkonsum durchspricht. Alles ist erstmal wie vorher auch schon, nur über das blutverdünnende Mittel stolpert sie. Ich habe noch einen großen Vorrat an Tabletten aus Deutschland, der erstmal weg muß. Die Pillen beinhalten 3 Milligramm Wirkstoff. Da ich nur 1,5 Milligramm zu mir nehmen muß, breche ich die Tablette in zwei Hälften. In Frankreich gibt es nur Tabletten mit 2 Milligramm Wirkstoff. Die Lösung dieser Aufgabe stößt an die Grenze ihrer mathematischen Fähigkeiten. Sie zieht ab und es erscheint kurz darauf eine andere Schwester, der ich nun auch klarmachen muß, dass ich nur 1,5 mg zu mir nehme. Ich meine, ich habe in der Schule auch lieber aus dem Fenster geguckt als das ich am Unterricht teilnehmen wollte aber Tangens oder Sinus ist hier ja nicht gefordert.
Die pragmatische französische Lösung ist >>nehmen Sie mal erstmal 2 mg, wir messen doch eh jeden Morgen, wenn der Wert zu hoch geht, entscheidet der Arzt über die Einnahme. Außerdem nehmen Sie die Tablette bitte nicht

mehr am Morgen, wie bisher, sondern abends, sonst ist der Wert verfälscht.<< Die dritte Schwester erscheint und bringt mir etwas später noch einmal die Tabletten, die ich schon eingenommen habe. <<Habe ich schon vorhin bekommen<< sage ich. >>Kann nicht sein<< meint sie, es ist nicht vermerkt. Abends vergisst sie dann mir die 2mg Tablette für die Blutverdünnung zu geben. Ich fordere das Zeug von der Nachtschwester an.

Am zweiten Tag nach der Operation soll ich eigentlich entlassen werden, die dafür zuständige Schwester bucht mir ein Taxi für die Heimfahrt. Am Morgen der Entlassung stellen sich Komplikationen ein, ich muß zwei Tage länger bleiben. Um 2 Uhr nachmittags erscheint der Taxifahrer um mich abzuholen. >>Hoppla<< sagt die Schwester, >>habe ich vergessen ihnen mitzuteilen.<< Er flucht leise vor sich hin, ich höre etwas das sich wie >>Merde<< anhört. Verstehe ich gar nicht, er ist doch Franzose, hier im Krankenhaus klappen ja noch nicht mal die Türen, weil die Schwestern meistens vergessen sie hinter sich zuzuziehen. Das hält mich auf Trab, weil ich jedes Mal aufstehe und sie zumache. Eine Helferin ist allerdings genial, sie muß zu Hause Säcke vor der Tür haben und es nicht gewohnt sein mit Türen umzugehen. Jedesmal wenn sie den Raum verlässt, knallt sie die Tür hinter sich zu, ich stehe dann senkrecht im Bett. Das ist natürlich nicht gar so schön, wenn man gerade tief schläft und erotische Träume schiebt, die etwas mit Krankenschwestern zu tun haben. Französische Mitarbeiterschulung und Organisation hat schon so ihre Eigenheiten.

Jedenfalls ist nun eine zweite Operation Anfang Januar notwendig und ich freue mich schon auf die Organisationstalente der Klinikmannschaft. Als ich im Januar wieder einrücke geht alles sehr schnell. Ich beziehe mein Zimmer, diesmal ein anderes, in dem man die Heizung herunter regeln kann und schon erscheint auch der, diesmal freundlich gestimmte, Oberoperateur und erklärt mir, dass er mir am nächsten Morgen einen Herzschrittmacher einbauen würde. Alles sei kein Problem, er und seine Kollegen machen das hier im Fliesbandverfahren. Gut, denke ich, das ist ja hier wie bei der Autoindustrie, hoffentlich ende ich nicht als Äquivalent zu einem Montagsauto, welches dann alle Naslang mit Problemen zurück in die Werkstatt muss. So ein Schrittmacher hat ja auch seine Vorteile, wenn man ein Flugzeug benutzen will, braucht man nicht mehr durch die magnetische Sicherheitsschleuse, man umgeht diese zusammen mit einem Sicherheitsbeamten und wird dann abgetastet. Man hofft dann, sowie die meisten Männer, jedes Mal, dass das eine weibliche Sicherheitskraft macht, die mindestens so aussieht als würde sie an den nächsten Miss Frankreich Wahlen teilnehmen. Aber Pustekuchen, es ist wieder nur so ein Kerl, der einen abtastet. Wenn man nicht gerade homosexuell veranlagt ist, ist das keine Bereicherung des Sexuallebens. Nur hetero veranlagte Vielflieger würden es vielleicht in Erwägung ziehen, ihre Vorlieben ein wenig zu ändern.

Die Operation geht ohne grossartigen Komplikationen sehr zügig voran. Ich finde mich, nach dem die Narkose ihre Wirkung verliert, im Aufwachraum wieder. Eine gut aussehende, junge OP Schwester hält mir eine von diesen Gefäßen vor die Nase, die eine Ähnlichkeit mit Plastikenten aufweisen. >> Make Pipi<< sagt sie und grinst mich an. Das ist mir nun aber etwas peinlich, wer pinkelt schon gerne in eine Ente, wenn ein so gut aussehendes weibliches Wesen vor einem steht.

Ich überwinde meine Scham und denke mir, dass sie wahrscheinlich mehr Penisse gesehen hat, wie ein weiblicher Pornostar, also was soll es.

Am Morgen des dritten Tages erscheint dann die Assistentin des Oberoperateurs. Sie erklärt mir was bei der Operation gemacht wurde und, dass ich mich in circa vier Wochen besser fühlen würde.
Fragen meinerseits weicht sie großzügig aus, wahrscheinlich ist ihr Englisch dafür nicht ausreichend genug. Sie meint, dass sie meine Papiere fertigmachen wird und ich dann sofort nach Hause entlassen werden könnte. Alles Andere würde dann mein Kardiologe mit mir absprechen.

Vier Wochen später habe ich einen Termin mit meinem Kardiologen. Die erste Frage von Ärzten ist immer >> Und wie geht es Ihnen denn heute so?<<
Ich persönlich denke dann immer >> Was fragst du, ich komm doch her, damit du mir nach einer Untersuchung sagst, wie es mir geht.<<
Da ich inzwischen Fortschritte mit der französischen Sprache gemacht habe, antworte ich nicht, dass es mir beschissen geht, sondern

sage kurz und aussagekräftig >> Merde.<< Ich erzähle ihm, dass der Schrittmacher wirkungslos ist und ich mich kaum vernünftig bewegen kann.
Er meint, ich müsse Geduld haben und wo denn der Arztbrief aus Marseille sei. Ich weise ihn darauf hin, dass sein Freund, der Oberoperateur, diesen Brief an ihn schicken wollte. Das ist ja wohl so üblich, dass der behandelnde Arzt den OP Bericht bekommt. Er weißt seine Sekretärin an, diesen noch mal anzufordern.
Sechs Wochen nach der Operation platzt mir der Kragen, ich telefoniere mit der Praxis meines deutschen Kardiologen und bitte um einen Termin, den ich auch kurzfristig bekomme.
Natürlich fragt mein Arzt in Deutschland als erstes nach dem Arztbrief. Ich erzähle ihm, dass Marseille zwar nicht geografisch aber verhaltensmäßig in Maghreb liege und dort alles nicht so schnell von Statten geht, wie in einem geordneten Deutschland.
Er untersucht mich gründlich und wird immer lauter, die haben dort wohl nen Vogel, sagt er, was haben die sich denn dabei gedacht, das war auf jeden Fall die falsche Behandlungsmethode. Na Mahlzeit!

Kein Wunder das ich nicht wieder auf die Beine komme. Mit einem sehr mulmigen Gefühl fahre ich nach Frankreich zurück.

Weitere Wochen später, mir geht es immer noch schlecht, bin ich wieder bei meinem Kardiologen in Frankreich, wild entschlossen unser Verhältnis zu kündigen. Ich erzähle ihm nichts von Deutschland, weil ich weiß, dass er dann komplett zumacht.
Inzwischen, oh Wunder, hat er doch tatsächlich den Arztbrief aus Marseille bekommen. In unserem Beisein liest er ihn das erste Mal. >>Also,<< sagt er, >> Sie wurden also im April operiert.<< Wir sehen ihn entgeistert an. >> Herr Doktor,<< sagt meine Frau >> der Brief ist datiert vom April, die OP war Anfang Januar.<< Nun liest er aufmerksamer und findet heraus, dass sein Freund nicht den Schrittmacher eingebaut hat, den er vorgeschlagen hatte. Aber das wäre ja auch nicht so schlimm, mit ein paar Elektroschocks könnte man das wahrscheinlich in den Griff kriegen. Zur Not, wenn das auch nichts helfen würde, müsste ich halt noch einmal in die Klinik und einen anderen Schrittmacher verpasst bekommen. Er will mir einen Termin für den Elektroschock geben, das lehne ich

erstmal ab. Bin ich hier beim Kaffeesatzlesen oder was passiert hier? Wir verabschieden uns so schnell wie möglich und eigentlich erwarte ich, dass er mir mit den Schockelektroden in der Hand hinterher läuft aber er ist sich wohl bewusst, dass, wenn er stolpert, er sich selber schocken könnte.

Unser Entschluss steht, wir suchen uns einen anderen Kardiologen. Meine Frau telefoniert ein wenig herum und wir werden an einen Arzt in einer kleinen Klinik in der Nähe von Toulon verwiesen.
Der Arzt entpuppt sich als Glücksfall, noch etwas in den jüngeren Jahren, voll motiviert und sehr gründlich. Wir erzählen unsere Leidensgeschichte. Nun sind Ärzte im Allgemeinen sehr zurückhaltend, wenn es um die Beurteilung von Behandlungsfehlern von Kollegen geht. Er schüttelt seinen Kopf und meint, dass das wohl nicht sehr seriös abgelaufen wäre. Außerdem würde er nicht verstehen, warum mich mein vorheriger Arzt nicht an diese Klinik verwiesen hätte, schließlich wäre das ja in unmittelbarer Nähe und sie hätten einen ausgezeichneten Ruf als Spezialisten für Schrittmacheroperationen. Ich erkläre ihm, dass

Männerfreundschaft über alles geht, da schickt man schon mal Patienten durch die Weltgeschichte, auch wenn es für die Krankenkasse kostengünstiger ablaufen könnte.

Nach eingehender Untersuchung kommt er zu dem Ergebnis, dass der Schrittmacher ausgewechselt werden muss.

Es stellt sich dann später heraus, dass das der einzige vernünftige Schritt war, es geht mir endlich wieder gut.

Wer braucht denn Yoga um seine Geduld in den Griff zu bekommen, ein Supermarkt tut es auch.

Wer seine Geduld auf die Probe stellen will, geht an die Kasse eines Supermarktes. Die Frauen an der Kasse haben Zeit, viel Zeit. Wahrscheinlich würden die bei der Geschwindigkeit in der Kassiererinnen in Deutschland Waren über den Scanner schieben, einen Herzanfall erleiden. Am besten man geht in einen der Riesensupermärkte, denn hier kann man beobachten, was ich Erlebniseinkäufe nenne. Selbst zu Stoßzeiten, wie Weihnachten oder Ostern, sind die Kassen nicht vollständig besetzt. Darüber hinaus gibt es drei verschiedene Kassenarten. Die erste ist für Menschen die gerne alles selber in die Hand nehmen. Dafür gibt es am Eingang kleine Handscanner, mit denen man die Preise der Waren einliest. Das ist die Zukunft. Ich stelle mir vor, wie die achtzigjährige Oma vom Lande mit dem Scanner in der Hand um die Regale fegt und alles eingibt, was links und rechts von dem gewünschten Artikel liegt. Da kommt dann an der Kasse Freude auf.

Die zweite Kassenart, meistens direkt am Ausgang gelegen, ist für Menschen die die Zukunft schon begriffen haben und wissen, dass Arbeitskräfte viel zu teuer sind. Hier wird man zur unbezahlten Hilfskraft des Supermarktes. Hier sitzt niemand mehr, man macht wirklich alles selber. Kreditkarte in den Automaten, alles einscannen, Zahlung bestätigen und raus ist man. Leider sind diese Automaten nicht intelligent, sonst würden sie erkennen, dass so mancher Kunde sich zwar gerne mit der Zukunft auseinandersetzen möchte, aber eine Schulung dafür hat bei ihm noch nicht stattgefunden. Ein hilfloser Blick zur Automatenfachkraft, die am Pult neben dem Ausgang steht und alles mit sehr viel Interesse überwacht, und schon kommt diese Koryphäe des Computerzeitalters angerauscht und hilft mit viel Geduld den Automaten zu überlisten.

Die dritte, und bisher noch letzte Kassenart ist die allerschönste. Hier sitzt eine ausgebildete Kassenfachkraft, die alle vorstellbaren Zahlungsmittel in Empfang nimmt. Seelenruhig schiebt sie die Waren über das Band, ist immer zu einem lockeren Plausch bereit, gibt dann den Zahlungsbetrag bekannt und wartet bis Oma und Opa ihren Scheck ausgefüllt haben oder das

Portemonnaie nach Kleingeld durchsucht haben. Danach druckt sie, gefühlt, zwanzig Zahlungsbelege aus und wünscht einen schönen Tag.

Natürlich kann nur ein Deutscher auf die Idee kommen, mit seinem vollgepackten Trolley an eine Kasse zu rollen an der ein großes Schild verkündet, dass diese Kasse nur für bereits eingescannte Waren geöffnet ist. Das sich hier die Kassenkräfte nach Herzen langweilen, während sich ihre Kolleginnen an den „Wir nehmen jedes Zahlungsmittel-Kassen" Riesenschlangen von Kunden ausgesetzt sehen, stört hier anscheinend niemand.
Die Dame an der Scannerkasse blickt etwas indigniert ob der Störung von dem Anblick ihrer rot lackierten, langen Fingernägel auf und fragt mich ob ich alles in meinem Trolley eingescannt habe. Ich tue so als ob es mich aus den Weiten der sibirischen Steppe hierher verschlagen hätte und sage ihr auf deutsch, dass ich ihre Fingernägel bewundern würde. So was hilft meistens, hier aber nicht.
Sie wirft mir einen vernichtenden Blick zu und verweist mich an eine der Kassen an der die

Schlangen schon einmal um den Supermarkt reichen.

Wenn man Freunde auf all diese Merkwürdigkeiten des Alltags anspricht, heißt das >> Was willst du, so ist Frankreich eben, hier ist alles anders<<

Die Eisenbahn - oder wer braucht Menschen wenn es doch Automaten gibt.

Die französische Eisenbahn, kurz SNCF, ist in erster Linie etwa für Menschen mit viel Langeweile oder anders ausgedrückt, Menschen die es sich erlauben können viel Zeit irgendwo zu vertrödeln. Also nichts für Rentner, Hausfrauen und gestresste Manager. Manchmal fahren die Züge auch pünktlich irgendwo ab, was aber nicht heißt, dass sie auch pünktlich irgendwo ankommen. Es kommt einen oft so vor, dass die Gleisanlagen teilweise wohl noch aus der Zeit der Dampflokomotiven übrig geblieben sind.
Es wird immer und fast auf jeder Strecke gebaut. Wird mal auf einer Strecke überraschenderweise nicht gebaut, findet sich bestimmt jemand, der sich aus Verzweiflung über die Verspätungen vor einen Zug wirft und diesen stundenlang zum Halten auf freier Strecke zwingt. Wer das fiskalische System der Steuern in Frankreich begriffen hat, kann diese Aktion allerdings nachvollziehen. Frankreichs Finanzminister arbeitet, Gerüchten zu Folge, bereits an einem Gesetz, dass es verbietet sich vor dem erreichen des Rentenalters umzubringen. Dadurch werden

dem Staat Steuern entzogen. Kommt das Gesetz durch, wird man dann wohl, nach dem erfolgreichen Suizid, das Vermögen des Verblichenen einziehen. Frankreich mag keine Steuerhinterzieher, auch keine verblichenen. Moderne Piraterie der Finanzverwaltung ist überall sehr innovativ.

Natürlich hat jedes Unternehmen irgendwo ein Glanzlicht, auch SNCF. Das Glanzlicht heißt TGV und erreicht auf mancher Strecke irre Geschwindigkeiten, so um die 300 Stundenkilometer. Und das alles auf einem neuen Gleisnetz, falls nicht auch daran gerade gebaut wird. Wenn man rechtzeitig bucht, kann man den TGV auch sehr günstig benutzen. Zum Beispiel kostet die Strecke Marseille – Frankfurt/Main in der zweiten Klasse für die einfache Fahrt nur 39 Euro.
Bei den Preisen wundert es mich immer, dass nicht mehr Menschen aus Marseille fliehen.
Nun haben wir hier, etwas außerhalb unseres Dorfes einen kleinen Bahnhof. Es gibt eine Verbindung über Toulon nach Marseille und eine in die andere Richtung nach Nizza. Wer nach Nizza will, sollte allerdings Übernachtungsmöglichkeiten einplanen.

Entweder man steigt in der Pampa um oder nimmt eine der drei täglichen Direktverbindungen, die natürlich zu Zeiten angeboten werden, die niemand wirklich gebrauchen kann. Ab und zu rauscht hier auch ein TGV durch, hält aber nicht. Der Bahnhof ist auf der Streckenkarte der Rakete auf Rädern gar nicht vermerkt. Sollte man in Richtung Marseille fahren wollen, muß man über die Gleisanlagen gehen, eine Plattform ist auf beiden Seiten nur angedeutet. Wer das macht, sollte den Fahrplan des TGV auswendig kennen oder sein Ohr vor betreten der Gleise auf eine Schiene legen, um zu hören ob der Zug sich nähert. So schnell kann kein normaler Mensch gucken, wie der Zug plötzlich angedonnert kommt. Unvorsichtige Menschen, die sich zu Nahe an der Gleiskante aufhalten, womöglich bei Regenwetter noch mit einem offenen Schirm bewaffnet, lernen hier, dass nicht nur Vögel fliegen können.
Ansonsten ist der Bahnhof sehr reizvoll gelegen. Eingebettet in alte, nicht mehr benutzte Gleise, auf denen alte Wagons vor sich hin gammeln und kleinen, aufgegebenen Industrieanlagen, einem alten rostigen Wasserturm für Dampflokomotiven der etwas windschief in den Himmel ragt, hat die ganze Geschichte etwas

surreales an sich. Man erwartet in der Stille eigentlich nur noch, dass Charles Bronson irgendwo in der Ecke hockt und auf seiner Mundharmonika „ Spiel mir das Lied vom Tod" bläst. Dazu sollte dann vielleicht noch ein kleiner Sandsturm Dornenbüsche über die Gleise wehen lassen.

Zu den Schalterzeiten findet man hinter einer Glasscheibe auch noch eine Angestellte der SNCF, die Fahrkarten verkauft. Wann immer ich hier auftauche, sitzt dort eine nette Dame, die sich geduldig mein gestammeltes Französisch anhört, wenn ich eine Fahrkarte kaufen möchte. Nachdem sie den Betrag für die Fahrkarte dreimal wiederholt hat, damit ich es auch verstehe was ich zahlen soll, weißt sie mich, noch immer freundlich, darauf hin, dass ich den Fahrschein vor Antritt der Fahrt kompostieren muss. Das hat nichts damit zu tun, dass man den Schein in eine Tonne wirft und zwei Jahre wartet, bis Komposterde daraus entstanden ist. Nein, das französische Wort für das lochen, also des Entwertens des Fahrscheines ist composte.

Ich möchte mich mit meiner Frau in Cannes treffen und entschließe mich den Zug zu nehmen, damit wir nicht mit zwei Autos zurück in unser

Dorf fahren müssen. Parkplätze gibt es am Bahnhof genug, so dass ich mein Auto schön im Schatten einer alten Eiche parken kann. Als ich an den Schalter komme, von dem mir normalerweise, um diese Zeit, die nette Dame entgegen lächeln sollte, empfängt mich gähnende Leere. Der Schalter ist geschlossen, kein Mensch zu sehen. Dafür klebt an der Scheibe ein Zettel mit der Aufschrift >> Bitte benutzen Sie den Fahrscheinautomaten außerhalb des Gebäudes<<.

Ich fluche vor mich hin. Ich will nicht von einem seelenlosen Automaten bedient werden, eine freundliche Stimme soll mir erklären, dass ich meinen Fahrschein kompostieren muss und das der Zug in zehn Minuten einläuft. Wieder ein Arbeitsplatz von einem dieser Sesselfurzer in der SNCF Zentrale beseitigt, der meint man müsste unbedingt Kosten sparen. Wahrscheinlich hat man dafür auch noch eine superteure Beratungsfirma engagiert, die ausgerechnet hat, wie viele Leute durch Automaten ersetzt werden können. Wann wird man endlich begreifen, dass Automaten keine Steuern zahlen und, dass wenn man auch den letzten Arbeitnehmer auf die Strasse gesetzt hat, niemand mehr eine Fahrkarte kauft, weil der Staat, mangels Steuern, nicht mehr in der Lage ist das Überleben der Menschen durch Sozialhilfe zu garantieren. Wahrscheinlich sitzen wir dann vor unseren Internetfähigen Smartphones und Tablets und ernähren uns von Bits und Bytes. Irgendjemand wird die schon essbar aufbereiten. Sozialverträgliches Frühableben ist durch den Nebeneffekt von Viren und Trojanern auch garantiert.

Mit diesen Gedanken im Kopf, die meine Stimmungslage auf den Siedepunkt bringt, gehe ich zu dem Automaten. Der steht in der prallen Sonne. Vor mir versuchen zwei junge Französinnen, durch das drücken von allen auffindbaren Knöpfen Fahrkarten aus dem Automaten zu ziehen. Gut das ich die Sprache nicht gut beherrsche, die Flüche, die sie dabei ausstoßen, sind nicht aufschreibbar. Nach einer Weile geben sie entnervt auf. Als ich vor den Automaten trete, merke ich sofort warum. Das Display liegt im vollen Sonnenlicht, was immer da auch angezeigt wird, ist nicht lesbar.

Darüber hinaus muss es sich wohl schnell herum gesprochen haben, dass hier ein Automat zu besichtigen ist. Also hat sich der Teil der Jugend des Dorfes, der es als Horde gesammelt auf einen IQ bringt, der sich etwas oberhalb eines

Salatblattes bewegt, auf den Weg gemacht um zu testen was man mit einem Automaten so anstellen kann. Nun gibt so ein Automat nicht viel her, man steckt Geld oder eine Kreditkarte hinein und bekommt dafür ein Stück bedrucktes Papier ausgeworfen. Enttäuscht von den mangelnden Fähigkeiten dieses Wunderwerkes hat dann jemand mit einem scharfen Gegenstand die Plastikscheibe, die das Display abdeckt, zerkratzt.

Also selbst bei schattiger Lage kann man auf dem Display nichts mehr erkennen.

Ich gebe auf, soll doch der Zug ohne mich fahren. Ich steige wieder in mein Auto, rufe meine Frau an und teile ihr mit, dass wir mit zwei Fahrzeugen aus Cannes zurück fahren, da ich lieber die Mineralölwirtschaft reicher mache, als dass ich der SNCF für diesen Unsinn mein Geld überlasse.

Die Post in Frankreich und warum man Porto auch doppelt bezahlen kann.

Irgendwann im Juni ist es mal wieder soweit, mein guter Freund aus Deutschland besucht mich, um mit mir meine Terrasse neu mit Fliesen zu belegen, damit es nicht mehr durch die Decke in die Garage hinein regnet. Er bringt seine Tochter mit, die uns bekochen soll, während wir uns mit den Fliesen beschäftigen. Unter anderem bewacht sie überwiegend den Swimmingpool, damit der nicht austrocknet und aalt sich in der Sonne. Mein Freund läuft fast immer mit kurzen Bartstoppeln bewaffnet in der Gegend herum, die eine Symbiose mit seinem Haupthaar eingegangen sind, das sieht auch mehr so stoppelig aus.

Er sagt das wäre pflegeleicht, ich bin mehr der Meinung, dass irgendjemand unter seinen Vorfahren ein Verwandschaftsverhältnis mit einem Igel hatte. Aber sei es drum, wer mit viel Verstand gesegnet ist, muss diesen auch gut kühlen. Ein Server einer Computeranlage sollte ja möglichst auch in einem klimatisierten Raum stehen, damit er nicht heiß läuft. Kühlende Luft lässt man am besten direkt auf die Kopfhaut einwirken und wenn diese dann noch durch die

Kühlrippen, hier dargestellt durch die Haarstoppeln, bläst, kann das nur gut tun.
Um die ganze Geschichte im Griff zu haben, hat er sich eine Haarschneidemaschine angeschafft. Gut, das ist nachvollziehbar, wir schneiden unseren Rasen auch nicht mit der Nagelschere. Am Tag der Abreise bleibt diese Maschine in seinem Zimmer mitten auf dem Tisch liegen und wird vergessen. Da ich bei meinen Gästen beim einpacken ihrer Siebensachen nicht daneben stehe, um zu sehen, ob nicht jemand meine Blaue Mauritius aus meiner Briefmarkensammlung ausversehen mit einpackt, entdecke ich die Maschine erst Stunden später.
Was tun? Ich möchte nicht schuld daran sein, dass sein Hirncomputer wegen Überhitzung Aussetzer hat, wenn die Stoppeln unbeschnitten bleiben.
Also beauftrage ich meine Frau damit, die Maschine per Post nach Deutschland zu senden. Frauen haben grundsätzlich 97 Dinge auf einmal zu erledigen und sortieren Aufträge die ihnen nicht wichtig genug sind gerne mal nach hinten. Also fährt sie das Ding erstmal eine ganze Weile in ihrem Auto spazieren.
Irgendwann storniere ich den Auftrag bei ihr und sage, dass ich mich selber zur Post begebe. Sie

erzählt mir, dass die Post zum Versand verschiedene Größen von Kartons anbieten würde und ihrer Meinung nach ein Aufschlag zu zahlen wäre, wenn man eigene, nicht normierte, Kartons benutzen würde. Ich marschiere also zur Post und kaufe den kleinsten Karton den sie dort anbieten. Der Minikarton kostet 9,90 Euro, der Betrag beinhaltet allerdings schon das Porto. Dann fülle ich den Aufkleber aus, verpacke die Maschine aufwendig und marschiere am nächsten Morgen, mit dem Karton unter dem Arm wieder zum Postamt.

Die Christel von der Post sieht auf das Paket und schüttelt ihren hübschen Kopf. No Monsieur sagt sie, der Karton ist nur für den Inlandsversand in Frankreich gedacht. Für Auslandsversand haben wir gepolsterte Plastiktaschen.

-----Plastiktaschen? Warum kann ich diesen Karton nicht auch ins Ausland schicken, meinetwegen auch mit einem Aufschlag? Und Plastiktaschen benutzt man hier eigentlich nur für Abfall. Landet die Tasche mit dem wertvollen Inhalt dann automatisch auf der Deponie? Außerdem habe ich mal einen Film gesehen, da haben sich die Sortierer am Band mit Paketen beworfen, alles in den Paketen war nur noch Schrott. Die Tasche ist nicht mal versichert.

Aber alle Horrorgedanken helfen nichts. Ich kaufe einen Plastikbeutel für 11,90 Euro, packe die Maschine um und übergebe sie dem Postmädel. Ein letzter verzweifelter Blick auf den Beutel, dann verlasse ich gedankenverloren das Postgebäude.

Drei Tage später ruft mein Freund an----- der Beutel ist wohlbehalten angekommen!
Ich wusste es doch, auf die französische Post ist Verlass!

Franzosen haben es nicht so mit der englischen Sprache, es ist wohl so, dass Englisch in der Schule Pflichtfach ist aber die Antipathie gegenüber fremden Sprachen ist doch sehr weitläufig ausgeprägt. So auch bei den Mitarbeitern der Post und anderen Unternehmen. Das mag wohl auch geschichtliche Zusammenhänge haben. Schließlich haben Engländer und Franzosen versucht sich, über Jahrhunderte hinweg, die Köpfe einzuschlagen aber ich glaube, dass es viele Menschen hier gibt, die meinen die französische Sprache wäre die einzige auf der Welt. Das ist in England im Übrigen mit der englischen Sprache nicht anders.

Schaut man ins Internet, zeigt sich, dass sich beide Sprachen aus anderen Sprachen entwickelt haben.

Der französische Wortschatz leitet sich aus dem Romanischen ab, mit einem starken Einfluss der keltischen Sprache. Der Ursprung der englischen Sprache liegt grob gesehen in Norddeutschland bei den Völkerstämmen der Angeln und Sachsen. Später in den Jahrhunderten, und das werden die Franzosen wiederum gerne hören, gab es einen starken Überhang der französischen Sprache in England. Die Oberschicht sprach also französisch.

Das lag wohl auch daran, dass die Königshäuser Europas sich bei ihren Verheiratungen einen Teufel um Landesgrenzen kümmerten. Jeder ging mit jedem ins Bett und irgendwie zwischendurch musste man ja auch miteinander reden.

Da ich immer noch überwiegend Englisch spreche, weil mir die Sprache weltweit weiterhilft, stoße ich hier in Frankreich immer wieder an Grenzen der Kommunikation. Es gibt aber auch viele lustige Ereignisse, die sich von der Sprachbarriere ableiten.

Eine Mitarbeiterin des Paketdienstes der Post ruft mich eines Tages an und teilt mir mit, dass sie ein Paket für mich hätte. Da sie meinen Namen nicht verstanden hat, fragt sie noch mal nach und sieht dabei auf den Paketschein.
>>Hier steht unter Kontaktperson „No Name"<< sagt sie >> ist das ihr Name?<<
Na ja, immerhin war die Telefonnummer eindeutig, sonst würde der Postsuchdienst wohl immer noch nach einem Herrn No Name suchen.

Achtung Einbrecher.

Wer ein Haus in der Provence besitzt muss reich sein, das glauben jedenfalls alle die sich berufsmäßig mit Überfällen und Einbrüchen über Wasser halten. Nun ist „Reich" natürlich ein sehr subjektiver Begriff. Ein Penner in der Bronx in New York, der in einem Riesenpappkarton auf dem Gehsteig lebt, ist mit absoluter Sicherheit reicher als sein Kamerad,der sich unter der Brücke des Nachts mit Zeitungspapier zudeckt. Falls er die Zeitung vorher liest, ist allerdings sein Bildungsstandard wahrscheinlich höher wie der des Pappkartoneinwohners.

Grundsätzlich ist letzterer wohl gefährdeter, weil er eine Behausung sein Eigen nennt. Also kommen die bösen Buben und klauen ihm, wenn er mal nicht zu Hause ist, seinen Karton und alles was sich darin befindet. Deshalb, so nehme ich an, sieht man sehr oft, dass Menschen die auf der Strasse leben einen Hund dabei haben, der das Eigentum bewacht.

Nun kann man kein Haus klauen, es sei denn man besetzt es und weigert sich wieder auszuziehen. Wer das macht sollte es mit vielen Gleichgesinnten tun und dafür sorgen, dass ein großer Haufen Pflastersteine im Hof bereit liegt, die man den anrückenden Polizisten an den Kopf werfen kann. Das ist in erster Linie mal für obdachlose Mitmenschen interessant wenn der Winter vor der Tür steht, denn irgendwann geht sicherlich die Munition, sprich Pflastersteine, aus und man steckt sie ins Gefängnis. Widerstand gegen die Staatsgewalt bringt im Wiederholungsfall einige Monate im Bau, da gibt es dann warmes Essen, eine Schlafmöglichkeit und falls man das Bedürfnis verspürt sich zu waschen, sind Duschen auch in der Nähe. Nur seinen Hund darf man nicht mitbringen und ich finde, das sollte man dringend ändern

An dieser Stelle möchte ich an alle Hausbesetzer appellieren, wenn ihr Steine schmeißt, vermeidet es bitte jemanden zu verletzen. Vor allem Polizisten werden dringend gebraucht um Einbrecher dingfest zu machen.

Jedes Jahr zur Weihnachtszeit gruppieren sich überall in Europa Menschen, denen es am Notwendigsten fehlt. Man sollte das verstehen, sehr viele arme Männer haben keine Arbeit, gammeln deshalb in Kneipen oder sonstigen Etablissements herum, kommen Abends gestresst nach Hause und legen sich zu ihren Partnerinnen ins Bett. Liebe ist das Brot der Armen!

Aus dem vielen Brot entwickeln sich dann Kinder, die, je älter sie werden, ihre Ansprüche anmelden.

Auch diese Kinder wollen Smartphones, Tablets, Designerklamotten und einen Motorroller. Autos klauen sie dann später ohne die Unterstützung der Eltern selber.

Um diesen Ansprüchen gerecht zu werden, machen sich die Gruppen von armen Menschen auf den Weg um bei den reichen Hausbesitzern einzubrechen. Ihre Hunde lassen sie dabei zu Hause um ihren kargen Besitz zu schützen.

Eines Nachts, kurz vor dem Fest, bellt Jeans Hund wie wild und lässt sich auf Zuruf nicht beruhigen. Am nächsten Morgen erzählt mir Jean dann, dass bei seiner Nachbarin auf der anderen Seite seines Hauses eingebrochen wurde. Die bösen Buben hatten die Garage aufgebrochen und waren schon auf dem Weg ins Innere des Hauses, als die Nachbarin, gestört durch das Hundegebell, Licht anmachte. Gegen Licht und Lärm sind Einbrecher allergisch, sie gaben Fersengeld.

Ich checke meine Garagentür. Tatsächlich finde ich heraus, dass jemand mit einem Hammer versucht hat, eines der beiden

Sicherheitsschlösser nach innen zu schlagen. Im Schloss steckt ein Stück abgebrochenes Metall.
Wir nehmen uns vor, Jeans Hund zu Weihnachten, aus Dankbarkeit für seine Wachsamkeit, eine große Tüte Hundefutter zu schenken.
Ein paar Nächte später geht es wieder los, diesmal versuchen es die Einbrecher bei uns über die Terrassentür. Viele provencalische Häuser haben hölzerne Klappläden vor den Fenstern. Diese Volets sind in den unterschiedlichsten, landestypischen provencalischen Farben angemalt. Das, zusammen mit dem rauhen Putz der Hauswände oder den Mauern aus Felssteinen ergibt diesen reizvollen Eindruck, den vor Allem, die kleinen Dörfer hier vermitteln. Da diese Volets natürlich nicht auf den Millimeter passgenau gefertigt sind, rattern sie kräftig wenn der Mistral, das ist der Wind der von Afrika herüber bläst, sich mal wieder hier austobt.
Wir haben die Angewohnheit, diese Volets nicht zu schliessen wenn die Dunkelheit hereinbricht. Wir lieben es, durch unsere Fenster den Mond und die Sterne über dem Tal aufleuchten zu sehen. Die Beleuchtung der Häuser im Tal scheint zu uns herauf und geben ein warmes

Gefühl der Geborgenheit und Zugehörigkeit im Umkreis des Dorfes.

Also versuchen die Einbrecher die Terrassentür, ohne die Hindernisse durch die Volets, aufzuhebeln.
Das sie dazu die Beleuchtung mit dem Bewegungsmelder in Richtung Tür drehen um besser zu sehen wo sie ansetzen müssen, bemerke ich erst ein paar Abende später. Jeans Hund berserkt wieder im Nachbarhaus herum und Jean erscheint mit einem Jagdgewehr bewaffnet auf seiner Terrasse. Die Gangster haben nun wohl endgültig die Nase voll von dem Lärm den der Hund veranstaltet und verduften in der Dunkelheit. Wir kommen zu dem Entschluss in Zukunft die Volets rund um das Haus zu schließen. Außerdem entdecke ich im Internet eine bezahlbare Alarmanlage, die ich umgehend bestelle und einbaue. Das es sich auch hier nicht lohnt sparsam mit seinem Geld umzugehen merke ich sehr bald. Daran, dass asiatische Billigprodukte schon beim herausnehmen aus der Verpackung so aussehen als würden sie sehr bald auseinander fallen, haben wir uns ja inzwischen gewöhnt. Spätestens nach Ablauf der Garantiezeit, sofern es überhaupt eine gibt, stellt

sich heraus, dass man sein Geld besser im Kamin verheizt hätte, das hätte zumindestens einen Augenblick Wärme gegeben.

Die Schaltzentrale der Alarmanlage ist unsauber programmiert. Nachdem man, bei einem Stromausfall, den Sicherungsautomaten wieder ein-geschaltet hat, jault die Sirene der Alarmanlage steinerweichend vor sich hin.

Im Süden Frankreichs regnet es nicht so oft, aber wenn es regnet, denkt man der Himmel stürzt ein.

Monsunartige Niederschläge, oft gemischt mit Hagel, prasseln zum Gotterbarmen auf das Land herunter. Unser frisch angelegter Auffahrtsweg zum Haus sieht nach diesen Niederschlägen aus wie ein Weg durch den Dschungel Nicaraguas. Der Regen fräst tiefe Furchen in die Einfahrt, die wir immer wieder aufschütten. Dazu kommen dann noch sehr oft Gewitter die sich an den Bergen zu beiden Seiten des Tales austoben. Die scheinbar sehr anfällige Stromversorgung des Dorfes bricht mit schöner Regelmäßigkeit zusammen und bei uns haut es meisten die Hauptsicherung heraus. Zwar passiert das nicht immer, aber wir erwarten bei Gewitter eigentlich, dass einer von uns seinen Regenmantel überwirft. Die genialen Konstrukteure unseres

Hauses haben nämlich die umwerfende Idee gehabt, die Hauptsicherung nicht im Haus anzubringen, sondern sie in einem Kasten, in dem sich auch die Stromzähler der umliegenden Häuser befinden, einzubauen. Dieser Kasten liegt circa achtzig Meter vom Haus entfernt an der Strasse zu unseren Häusern. Also wartet man einen Moment ab, in dem man nicht von den Wassermassen den Weg hinunter gespült würde und marschiert mit einer Taschenlampe bewaffnet zum Elektrokasten an der Strasse.
Wenn das Gewitter es gut mit uns meint, marschieren wir manchmal auch zweimal.
Manchmal allerdings bleibt die Sicherung verschont, im Dorf knipst jemand die Lichter wieder an, wir haben wieder Strom im Haus und als Folge davon jault erstmal die Sirene der Alarmanlage kräftig durch die Nacht.

Meine Schwester Helga wohnt in Hamburg, so um die zweimal im Jahr steigt sie in den Flieger und kommt uns besuchen. Helga ist um einiges älter als ich und als ihr Gehör nicht mehr so recht funktionierte, hat sie sich ein Hörgerät anpassen lassen. Als sie wieder einmal bei uns auf Besuch ist, erklären wir ihr die Alarmanlage. Auf jeden Fall soll sie nicht unkontrolliert die Außentüren und die Fenster öffnen. Ich frage sie, ob sie irgendwelche Bedenken hätte, aber sie sagt >> Macht euch mal keine Sorgen, wenn die Einbrecher mich in meinem Nachthemd sehen, fallen die vor Schreck tot um.<<

Es dauert nicht lange und es ist mal wieder soweit, es ist tiefdunkle Nacht, wir haben Gewitter und im Ort gehen die Lichter aus. Es kommt wie es kommen muss. Die Sirene jault los. Ich springe aus dem Bett, reibe mir den Tiefschlaf aus den Augen und laufe, mit einem Baseballschläger bewaffnet um die Einbrecher zu vertreiben, splitterfasernackt die Treppe hinunter.

In ihrer Schlafzimmertür steht meine Schwester im Nachthemd und sagt >> Ist was los, da ist so ein komischer Lärm im Haus.<< Ich sage ihr sie soll mal schön in ihrem Zimmer bleiben aber natürlich hört sie das nicht, weil sie ihren Hörapparat nicht im Ohr hat. Ich schalte die Alarmanlage aus und sehe in allen Räumen und in der Garage nach, ob sich nicht doch irgendwo Ganoven aufhalten.

Meine Frau lacht sich halbtot, sie meint es würde schon sehr komisch aussehen, wenn ich nackt mit einem Stück Holz in der Hand durchs Haus laufen würde und meine Schwester im

Nachthemd drei Schritte hinter mir um jede Ecke lugt, um die Einbrecher zu erschrecken. Um sie zu ärgern sage ich ihr, dass ich eigentlich darauf gehofft hätte, dass mich eine hübsche, junge Einbrecherin, so nackt wie ich bin, vergewaltigt. Daraufhin zieht sie sich etwas indigniert in unser Schlafgemach zurück.

Aufgepasst, Oma im Verkehr.

Das Menschen die das zarte Alter von Achtzig erreicht haben, noch mit ihrem Fahrzeug am Straßenverkehr teilnehmen, halte ich zumindestens für Überdenkbar. Ich weiß, diejenigen meiner Freunde die sich gerade an dieses Alter herantasten heulen jetzt entsetzt auf aber es ist wohl so, dass sie, einem Test ausgesetzt, einsehen müssten, dass ihre Reaktionsfähigkeit über die Jahre etwas an Schwung eingebüßt hat. Natürlich will das niemand einsehen, Alter setzt ja erst mit über Hundert ein und fühlen wir uns nicht alle noch jung und dynamisch.
Andererseits gibt es Menschen, denen man niemals einen Führerschein hätte geben dürfen. Davon bewegt sich, gefühlt, ein Großteil auf Frankreichs Straßen. Der Eindruck entsteht natürlich in erster Linie dann, wenn man hier lebt. In anderen Ländern dürfte es wohl ähnlich sein.
Die schlimmste Spezies dieser Verkehrsteilnehmer sind meiner Meinung nach die Motorradfahrer. Man hat ja nur zwei Räder, also muss man auch die doppelte Geschwindigkeit fahren um den Umstand

auszugleichen, dass Autos vier Räder haben. Außerdem lässt sich mit einem Zweirad auch die kleinste Lücke zwischen zwei Autos, die nebeneinanderher fahren, ausnutzen. Das geschieht vorzugsweise in einer Geschwindigkeit, die einer startenden Boing 747 gleichkommt, also so zwischen Zwei bis Dreihundert. Dieses führt dann dazu, dass man als gesetzestreuer Autofahrer, der gemütlich mit den erlaubten 130 auf der Autoroute dahinträumt, plötzlich mit einem wüsten Motorengeheul aus seinen Tiefschlaf gerissen wird. In zwanzig Zentimeter Abstand zu beiden Seiten schiesst ein Motorrad dann plötzlich zwischen zwei Autos hindurch und verschwindet am Horizont.

Ich glaube, um so zu fahren, muss man die Eigenschaften der Motorradhelme kennen. Diese sind sehr eng geschnitten. Weil man da seinen Kopf nur sehr schlecht hinein bekommt, baut man vor Antritt der Fahrt sein Gehirn aus. Dann hat man den notwendigen Platz im Helm und alle Bedenken und alle Vorsichtsgedanken sind erstmal im Kühlschrank.

Spezies Nummer zwei sind die jungen Menschen, die ihren Führerschein erst ein paar

Monate oder eine kümmerliche Anzahl von Jahren mit sich herumtragen. Man erkennt sie am besten an ihren Kleinwagen mit einem Bleigewicht auf dem Gaspedal. Diese wild gewordenen Streichholzschachteln überholen alles was ihnen im Weg ist. Immer!

Schön sind auch die Zeitgenossen, die sich mit ihrem Fahrzeug bewaffnet ihrem Vordermann auf Kussnähe nähern. Speziell auch dann, wenn man sich auf der zweiten, linken Spur fahrend bei einer Verengung rechts einordnen möchte. Mit einem höhnischen Grinsen auf dem Gesicht machen sie die Lücke, in die man hineinstoßen möchte, dicht.

Nun gut, das lässt sich alles mit ein wenig Übung austarieren. Wirklich unberechenbar sind, wie gesagt eben Menschen im fortgeschrittenen Alter. Man ist ihrem überraschenden Fahrstil hilflos ausgeliefert.

Ich habe etwas in einem nahe gelegenen Baumarkt zu erledigen und parke mein Fahrzeug vorwärts in eine Parklücke. Eingeklemmt zwischen zwei Fahrzeugen manövriere ich mein Auto sehr vorsichtig rückwärts aus der

Parklücke. Aus den Augenwinkeln erkenne ich ein Fahrzeug, das langsam auf den Parkplatz rollt und ich bringe mein Auto zum Stehen. Am Steuer des Kleinwagen sitzt eine alte Dame, so um die Achtzig. Unbeirrt davon, dass sich das Heck meines Autos in ihrem Fahrweg befindet, rollt sie einfach weiter, bis es plötzlich scheppert. Die rechte Seite ihrer Stoßstange gerät mit meinem Heck aneinander. Die Stoßstange ihres Autos hängt etwas traurig auf Halbacht. Die alte Dame quält sich hinter ihrem Steuer hervor und erkennt sofort messerscharf, dass sie mit mir englisch reden muss.

Ob ich denn die Signale meiner Parktronic nicht gehört hätte, fragt sie mich. Aha, denke ich das Mädel ist auf der Höhe der Zeit. Ich frage sie warum sie denn nicht angehalten hätte, um mir die Chance zu geben wieder vollständig in die Parklücke zu rollen. Sie macht zu und sagt mir ich hätte nicht angehalten und wäre in ihren Wagen gerollt.

Dann klemmt sie sich an ihr Handy und ruft ihren Ehemann an. Ich mache inzwischen ein paar Photos, die kann ich sicherlich noch brauchen, so wie sich das hier entwickelt

Nach einem längeren Gespräch mit ihrem Mann holt sie aus dem Handschuhfach ein

Unfallprotokoll der Versicherung heraus und erzählt mir, dass ich das unterschreiben müsste. Ich sage ihr freundlich, dass ich generell nichts unterschreiben werde, schon gar nicht wenn ich das Formular nicht lesen kann aber sie könnte sich gerne mit meiner Frau unterhalten, die ist Französin und würde den Vorgang mit ihr klären. Die beiden einigen sich dann an meinem Handy, dass wir uns Abends am Supermarkt treffen würden um den Fall abzuschliessen. Ich gebe ihr noch meine Daten und dann dreht sie sich plötzlich um und geht in den Baumarkt. Nach wenigen Minuten, ihr Auto steht immer noch im Weg, kommt sie mit einer Kassiererin wieder und erklärt ihr noch mal langatmig, dass ich nichts unterschreiben würde. Außerdem wäre ich Ausländer und man weiß ja nie, was man sich da so einhandelt. Das Kassenmädel, die kein Wort Englisch spricht, sieht mich an und zuckt mit den Schultern. Was soll sie auch machen.

Nachdem ich mich von der alten Dame verabschiedet habe und ihr noch einmal versichere, dass wir die Geschichte des Abends erledigen würden, rollt plötzlich ein Polizeifahrzeug auf den Hof. Die beiden Polizisten, in Frankreich etwas despektierlich Flics genannt, wollen im Baumarkt

wahrscheinlich Handschellen einkaufen. Erst sieht sich Oma das unschlüssig an, dann plötzlich als die beiden schon im Eingangsbereich des Baumarktes zu verschwinden drohen, ruft sie sie zurück. Wieder erklärt sie, dass ich nichts unterschreiben will.
Der ältere der beiden, kramt sein Restenglisch hervor und sagt mir >>You must respect the law of France.<<.
Ich versuche ihm zu erklären, dass ich gerne bereit bin, das Gesetz in Frankreich zu respektieren aber nichts unterschreibe was ich nicht lesen kann.
Etwas hilflos grinsend fragt er seinen jüngeren Kollegen, ob der auswärts spricht.
So kommen wir nicht weiter, also rufe ich noch mal meine Frau an und drücke dem Flic mein Telefon in die Hand. Es entwickelt sich eine intensive Diskussion und ich höre, wie mein Mädel an dem anderen Ende der Funkverbindung richtig sauer wird, weil der Flic nicht begreifen will, dass wir uns eigentlich schon mit Oma einig waren. Es endet damit, dass der Flic noch einmal auf französisch wiederholt, dass wir das Gesetz von Frankreich respektieren müssen. Wahrscheinlich ist das das einzige was von seiner Schulung hängen geblieben ist. Na gut,

Intelligenz kann man nicht kaufen, aber muss man solche Leute auf die Menschheit loslassen.
Abends treffen wir uns am Supermarkt, sprechen noch einmal über die beidseitige Einschätzung der Situation und füllen das Unfallprotokoll aus.
Dieses Protokoll hat zwei getrennte Seiten. Jeder der Beteiligten füllt darin seine Meinung des Unfallhergangs aus, dann wird das Protokoll unterschrieben.
Unsere Versicherung möchte sich auch nicht mit dem unklaren Fall auseinandersetzen und geht den einfachsten Weg. Ich bin aus der Parklücke gerollt und ungeachtet dessen, dass Oma hätte anhalten müssen, gibt man mir die Schuld und begleicht die Rechnung.

Epilog.

Ich sitze mit Freunden auf unserer Terrasse und blicke hinunter ins Tal auf das Dorf in dem wir leben. Es wird bald Abend und im Westen verschwindet so langsam die Sonne hinter den Bergen. Der Himmel färbt sich von Dunkelgelb in ein leichtes Violet mit Rottönen darin.
Die Hitze des Tages geht in eine wohltuende Wärme über, während das Gezirpe der Zikaden in den Pinienbäumen um uns herum so langsam versiegt.
Ich fülle noch einmal provençalischen Roséwein in die Gläser, während meine Frau in der Küche noch einen Nachschub dieser wundervollen Aperitifhäppchen zubereitet, die man hier unten in Südfrankreich so liebt. Kleine, geröstete Baguettescheiben mit Anchovis und Olivenpaste, dazu eingelegte Oliven. Der eine oder andere unserer Freunde erzählt muntere Geschichten aus dem Dorf und ich fühle mich etwas wie beim Kaffeeklatsch bei meiner Tante, bei dem das Getratsche über Leute die man kennt oder auch noch nie gesehen hat, nicht enden will. Das Gefühl, dass sich die Welt um einen herum gerade entschleunigt, mischt sich mit dem

intensiven Geruch des Pinienharzes und dem Geschmack des kühlen, fruchtigen Rosés.

Nachdem sich unsere Freunde von uns verabschiedet haben, sitzen wir nach dem Abendessen noch in der warmen Luft auf der Terrasse und lachen über einige Geschichten, die ich hier in diesem Buch beschrieben habe. Die Erinnerung daran ringt uns, trotz der Schwierigkeiten die oftmals in diesen Gegebenheiten zu bewältigen waren, ein Lächeln ab.

Es war doch alles am Ende sehr amüsant, meinen wir.

Danksagung

In den meisten Büchern die ich gelesen habe, steht an dieser Stelle eine Danksagung.
Es folgt dann eine ellenlange Aufzählung der Menschen, die sich darum verdient gemacht haben, den Autor des Buches zu unterstützen.
Damit kann ich nicht dienen, ich habe das, was hier geschrieben steht, ganz alleine verbrochen.
Bedanken möchte ich mich aber trotzdem, nämlich bei den Lesern dieses Buches, die immerhin in ihre Geldbörse gegriffen haben um diese Buch zu kaufen.
Wenn Ihnen das Buch gefallen hat, empfehlen Sie es bitte weiter und vergessen Sie nicht einen wohlwollenden Kommentar zu hinterlassen.
Falls das nicht der Fall sein sollte, schenken Sie dieses Machwerk einfach jemanden, den Sie nicht mögen.